D

Nadie más que tú

Ann Major

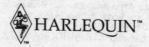

HARLEQUIN™

Editado por HARLEQUIN IBÉRICA, S.A.
Núñez de Balboa, 56
28001 Madrid

© 2003 Silhouette Books S.A. Todos los derechos reservados.
NADIE MÁS QUE TÚ, N.º 1692 - 9.12.09
Título original: Shameless
Publicada originalmente por Silhouette® Books

I.S.B.N.: 978-84-671-7477-9
Depósito legal: B-38309-2009
Editor responsable: Luis Pugni
Preimpresión y fotomecánica: M.T. Color & Diseño, S.L.
C/. Colquide, 6 portal 2 - 3º H. 28230 Las Rozas (Madrid)
Impresión y encuadernación: LITOGRAFÍA ROSÉS, S.A.
C/. Energía, 11. 08850 Gavá (Barcelona)
Imagen de cubierta: DEE/DREAMSTIME.COM
Fecha impresion para Argentina: 7.6.10
Distribuidor exclusivo para España: LOGISTA
Distribuidor para México: CODIPLYRSA
Distribuidores para Argentina: interior, BERTRAN, S.A.C. Vélez
Sársfield, 1950. Cap. Fed./ Buenos Aires y Gran Buenos Aires,
VACCARO SÁNCHEZ y Cía, S.A.
Distribuidor para Chile: DISTRIBUIDORA ALFA, S.A.

Prólogo

Mezcaya, Centroamérica
Campamento terrorista El Jefe

El teniente coronel Phillip Westin, corpulento ex marine, no estaba muerto.

Pero casi desearía estarlo, porque la reclusión sólo te volvía loco.

Dolorido y desorientado, intentó soltar las cuerdas que sujetaban sus muñecas y tobillos, pero empezaba a levantarse la piel con el roce.

Quería darse la vuelta, pero estaba tan débil que sólo podía permanecer bocabajo, jadeando, mientras las paredes sin ventanas parecían cerrarse a su alrededor.

Quería gritar… o peor, llorar. Primero estaba ardiendo, luego temblando como un niño. El dolor en las piernas y brazos era cada vez más insoportable.

¿Dónde demonios estaba?

«¡Recuerda, intenta recordar!», se dijo.

Tardó un tiempo en darse cuenta de que estaba tirado en un sucio camastro en la cueva que servía como mazmorra bajo la fortaleza de La Fortuna. La fortaleza era un campamento terrorista en Mezcaya, dirigido por un grupo de asesinos particularmente peligrosos llamado El Jefe.

Westin había sido capturado unas semanas antes, tras asesinar a José Mendoza, uno de los dirigentes terroristas. Era una pena que el hijo ilegítimo de Mendoza, Xavier González, no tuviera una naturaleza generosa.

Westin parpadeó, pero no podía ver nada. La maldita mazmorra era más oscura que una noche sin luna. Le dolía la cabeza, donde Xavier lo había golpeado con la culata de un rifle el día anterior, y tenía la boca seca. Probablemente estaba deshidratado.

Xavier y su grupo de sucios matones lo habían capturado y golpeado antes de atarlo como a un cerdo al que iban a llevar al matadero.

Iba a morir al amanecer. Una bala en la cabeza, el golpe de gracia. Una hora antes, Xavier y un par de sus apestosos captores adolescentes habían entrado para patearlo con sus botas negras de combate.

–¿Cómo estás, gringo? –le habían preguntado, mientras lo golpeaban con la culata de los rifles, haciendo crueles bromas en español y no en su dialecto nativo.

Después de echar a suertes quién iba a apretar el gatillo, Xavier, el más joven, había sacado un Colt 45 de su funda.

–Tú has matado a mi padre, así que tienes que morir, gringo. No tienes derecho a estar en mi país.

–Tus drogas y el dinero que ganas con el tráfico

de armas estaban entrando en el mío, bastardo. En mi ciudad.

El chico, muy moreno como todos los habitantes de la zona, se llevó el cigarrillo a la boca con una mano y con la otra puso la pistola en su frente.

–¿Tu ciudad?

Los ojos enloquecidos de Xavier no armonizaban con su cara de niño.

–Bang, bang, gringo. Tu ciudad va a ser mi ciudad a partir de ahora.

Antes de que Westin pudiera replicar, el humo amargo del cigarrillo hizo que sintiera una oleada de náuseas. Y a lo mejor vomitar lo había salvado porque, en lugar de dispararle, Xavier había soltado una carcajada histérica.

–¡Serás cobarde!

–Tengo sed –dijo él.

–Pues bébete esto –exclamó Xavier, tirando el cigarrillo sobre el vómito, delante de su cara.

Bastardos. Su muerte era un juego para ellos. Phillip Westin, ex marine, había sido elegido por el equipo Alpha, el más entrenado de todos. Pero aquella vez no había salido bien.

Y no sería un cadáver bonito. Ni siquiera le haría falta una bolsa en aquel agujero escondido en la selva de Mezcaya.

No habría honores militares en su funeral. No habría funeral, punto. Ninguna mujer llorando sobre su tumba en Texas.

De repente, una diosa rubia pareció flotar en la oscuridad…

Oh, no, cuando más débil estaba, sacudiéndose por los temblores y vomitando de miedo, tenía que pensar en ella, la bruja mentirosa que lo había dejado plantado. Normalmente, la bruja sólo aparecía en sus sueños. Cuando estaba despierto, era lo bastante disciplinado como para defenderse de sus demonios.

Pero ahora estaba débil y tan asustado que sólo podía pensar en ella.

Un viento helado lo recorrió cuando su voz ronca empezó a cantar la canción que había escrito sobre su relación…

Phillip movió las manos y, para su sorpresa, las cuerdas que sujetaban sus muñecas se aflojaron un poco.

—¡Vete, déjame en paz! —gritó en la oscuridad.

Pero el perverso fantasma siguió cantando…

«Nadie más que tú, sólo tú».

—¡Cállate! —gruñó Phillip, mientras abría y cerraba las manos en un intento de liberarse.

«Tuve que decirte adiós… pero vaya donde vaya… no hay nadie en mi corazón, sólo tú…».

Su ronca voz hacía que le retumbase la cabeza. Phillip se clavó las uñas en las palmas de las manos y, para su sorpresa, al mover la mano derecha se liberó de una de las cuerdas.

—¡Maldita sea, cállate de una vez!

«Y aun así tuve que decirte adiós», seguía cantando la bruja.

—¡Sólo has tenido una canción de éxito y tú lo sabes!

Eso la silenció, pero no se iba. Lo miraba desde algún sitio, con esa triste y vulnerable expresión que lo volvía loco. Su pelo dorado caía en ondas sobre los delgados hombros.

Parecía un gatito en busca de un hogar. Su hogar. Su cama.

Lo único que había tenido que hacer siempre era mirarlo de esa forma y su único deseo era abrazarla, protegerla y hacerle el amor. ¿Qué daría por tenerla una última vez antes de morir?

Todo.

Phillip se agarró al camastro con la mano libre, temblando. Recordaba cómo olía su pelo, cómo olía su piel, cómo sus ojos azules se llenaban de lágrimas si él se ponía dominante o antipático. Celeste tenía un don especial para apaciguarlo.

Cerrando los ojos, intentó no recordar lo pequeña que era, lo dulce que era abrazarla…

«Piensa en otra cosa. Piensa en escapar de aquí».

Pero cuando tragó saliva, le pareció saborearla a ella. Y, de inmediato, se puso duro como una roca.

De alguna forma consiguió soltar las cuerdas que sujetaban sus tobillos, pero cuando intentó levantarse, los negros muros empezaron a dar vueltas y volvió a caer sobre el camastro. A pesar de estar más débil que nunca, su entrepierna latía de deseo. La proximidad de la muerte parecía ser el mejor afrodisíaco, pensó, irónico.

Maldita fuera Celeste Cavanaugh. Le había pedido que se casara con él… qué tonto había sido. La había conocido en un bar. No, maldita fuera, la había rescatado de una pelea en un bar. No era nadie, una chica guapísima y sexy con voz de ángel que cantaba en tugurios de mala muerte.

La había rescatado de esa vida, tratándola como a una señora, y Celeste se había ido a vivir con él…

¿Por qué no le había hablado de su ridícula ambición de ser una estrella de la música country? ¿Por qué no le había dado al menos la oportunidad de entenderla?

No, no lo hizo. Lo que hizo fue marcharse a Las Vegas con otro hombre.

Mientras él estaba en una peligrosa misión en Oriente Medio, de la que había escapado vivo de milagro. Pero una vez de vuelta en casa, tiró el petate en la puerta y la llamó a voces, buscándola por todo el rancho, loco por verla…

Durante todos esos días y esas noches, mientras estaba atrapado en una celda en Oriente Medio, ardía por ella. Como en ese momento.

Celeste le había dejado una carta sobre la almohada.

He conocido a un hombre que me va a conseguir una audición con un famoso productor musical, Larry Martin. Te llamaré desde Las Vegas.

Y le decía que su nombre artístico sería Stella Lamour.

Había habido más cartas de Celeste en su buzón. Pero después de leerlas y releerlas, cada palabra grabada en su corazón, algo había muerto dentro de él. Quizá sus sentimientos.

Debía olvidarla, pero no podía. Siete años después, aún seguía siendo la estrella de sus sueños.

Cuando muriese allí, en medio de la selva, ella ni siquiera lo sabría. Los bastardos tirarían su cuerpo en la jungla y se pudriría sin que nadie supiera su paradero. Con aquella lluvia, se convertiría en fertilizante en menos de un mes.

«Eres un ex marine. Olvídala».

Intentó levantarse de nuevo, pero se desmayó y soñó que estaba de vuelta en Texas, bailando con ella en el club Lone Star mientras sus amigos marines aplaudían.

Recuperó la consciencia poco después al oír explosiones y pesadas botas corriendo en su dirección.

El amanecer. Hora de morir.

¿Entraba luz por la grieta del techo o estaba alucinando otra vez?

La puerta se abrió de golpe y la luz de una linterna lo cegó.

–¿Xavier? –Westin guiñó los ojos. El terror apretaba su corazón como un puño. Se sentía tan débil y tan vulnerable que murmuró una plegaria.

«Cobarde». Seguía doliéndole el insulto de aquel canalla.

Durante esos últimos segundos antes de la muerte, toda su vida pasó por delante de sus ojos: su solitaria infancia en la mansión de Houston, con todas esas habitaciones vacías que hacían eco mientras un niño solitario paseaba por ellas buscando cariño.

Nadie lo había querido nunca… hasta que conoció a Patricia, su novia de la universidad. Durante un tiempo todo fue perfecto pero, al final, ella no lo había querido lo suficiente como para entender su decisión de convertirse en marine.

Y Celeste tampoco. Sus dos amores lo habían dejado.

La luz de la linterna lo cegó de nuevo y levantó las manos en señal de rendición.

—Si vas a matarme, hazlo de una vez.

«Cobarde».

—No, esta noche no, señor —respondió una voz familiar que le devolvió a su época de los marines, en la guerra del Golfo.

Phillip abrió los ojos e intentó incorporarse pero, de nuevo, se le doblaron las piernas.

—Tyler…

Ty Murdoch, con el rostro pintado de negro y verde, las gafas de visión nocturna colgando del pecho, estaba delante de él. ¿O era un sueño?

Intentó levantarse, pero acabó cayendo en los brazos de su salvador, que se lo echó a la espalda como si fuera un fardo.

«Te vas a casa», oyó la voz de una mujer.

—¿Celeste?

Antes de que ella pudiera contestar, se desmayó.

Se iba a casa. A casa con Celeste.

***

Cuando abrió los ojos, estaban alejándose del campamento, medio escondidos entre los arbustos. Phillip estaba sudando y helado al mismo tiempo, sin saber qué era real y qué inventado.

Una eternidad después levantó la mirada y, por fin, vio que se acercaba un helicóptero. El aparato levantó un aluvión de polvo antes de posarse en el suelo y una piedra que parecía una pieza de metralla golpeó su mejilla.

En cuanto Tyler lo subió al helicóptero, el piloto volvió a despegar a toda velocidad. Volvían a casa.

Con Celeste.

Phillip cerró los ojos y vio a Celeste… rubia y preciosa, sus ojos tan azules como el cielo de Texas. Estaba llorando, con las mejillas mojadas. La imagen, aunque falsa, era mejor que un funeral.

Le temblaba la mano mientras sujetaba la cuchilla de afeitar y tuvo que parar un momento, mirando en el espejo el rostro demacrado con un corte en la mejilla. Habían pasado siete días desde que lo rescataron y aún estaba tan débil como un recién nacido.

Asustado al oír ruido de botas en el pasillo, Phillip dejó caer la cuchilla cuando se abrió la puerta.

El extraño de pelo oscuro y hundidos ojos grises que lo miraba desde el espejo resultaba patético.

Por comparación, el hombre que acababa de entrar era asquerosamente robusto.

–¿Mercado?

Ricky sonrió.

–Me alegra ver que te has levantado por fin.

–Sí –Westin tuvo que agarrarse al lavabo para no caer al suelo. Pero no iba a dejar que Mercado se riera de él.

–Después de esto lo mejor será que no llames mucho la atención, amigo. Has despertado un avispero.

–¿Crees que no lo sé?

–El Jefe es muy importante y no sólo aquí. Tienen muchos contactos en Texas.

–¿Por qué crees que vine…?

–Esos tipos van a ir a buscarte… a ti y a tu familia.

–Yo no tengo familia. Ella me dejó –Phillip cerró la boca. No quería hablar de ella.

Mercado era uno de los pocos que conocían la existencia de Celeste. La mayoría de sus colegas creía que aún seguía enamorado de su primera novia, Patricia, la elegante chica que conoció en la universidad, la chica adecuada para él. Y era mejor así; mejor no llorar sobre el hombro de nadie por una cantante de tres al cuarto a la que había encontrado en un bar y de la que había sido tan tonto como para enamorarse.

–Y ella es la razón por la que llevas siete años queriendo matarte.

–Cállate.

–Tienes cuarenta y un años, amigo.

–Lo dices como si fuera un viejo.

–Demasiado viejo para este tipo de trabajo.

–Esto es algo personal y tú lo sabes. Los bastardos estaban entrando en Mission Creek. Estaban usando niños para vender armas…

–¿Por qué no vuelves a tu rancho? Busca a una buena chica, cásate y ten un montón de hijos.

–Sí, claro, eso suena muy divertido. ¿Y tú qué? ¿Estás limpio o sigues vendiendo armas para la familia? ¿Qué demonios estabas haciendo aquí?

–Salvándote el cuello, amigo.

–Pero alguien te ha ayudado.

–¿Qué hace falta para que me creas, que firme una declaración con sangre? Estoy limpio.

–Eso espero –dijo Phillip. Aunque inmediatamente lamentó ese tono tan seco–. Ty me ha dicho que ayudaste en mi rescate.

–Ah, me sorprende que te lo haya contado.

–Gracias. Te debo una.

De repente, Westin no estaba de humor para juzgar al hombre que lo había rescatado y la discusión lo había dejado tan débil que todo empezaba a convertirse en un borrón. No parecía capaz de sujetarse al lavabo.

–Dios…

Ricky Mercado dio un paso adelante para sujetarlo.

–Búscate una buena chica –le repitió–. Apóyate en mí, amigo, vamos a la cama.

–A mí no me gustan las buenas chicas. Me gustan guapas… y desvergonzadas.

–Pues a lo mejor es hora de cambiar, ahora que eres un viejo.

–¿Un viejo? –repitió Phillip.

La verdad era que un anciano sería más fuerte que él en ese momento. ¿Por qué le costaba tanto trabajo poner un pie delante del otro?

Cuando por fin llegó a la cama, sin aliento, se dejó caer hacia atrás.

–Vete de aquí, anda.

–Olvídate de esa desvergonzada y busca una buena chica, viejo –sonrió Mercado, haciendo un saludo militar antes de salir de la habitación.

Capítulo Uno

Stella Lamour tomó su guitarra y salió del almacén que Harry le dejaba usar como camerino. Después de todo, una estrella tenía que tener un camerino. Pero no quería ver que el armario estaba lleno de cajas de cerveza, servilletas, vasos… ni quería pensar que la diminuta habitación le producía claustrofobia.

Menudo camerino. Menuda estrella.

Stella inclinó a un lado la cabeza para que su larga melena rubia cayera por su espalda. A los treinta y dos años seguía siendo muy bella y lo sabía. Y sabía cómo usar su belleza.

–Vamos, nena, aguanta hasta que lo consigas –Johnny, su ex representante, solía decir.

¿Aguantar? ¿Durante cuánto tiempo? En aquel negocio y en aquella ciudad, la belleza lo era todo, al menos para una mujer.

Cada día chicas más jóvenes y más guapas llegaban a Las Vegas con la intención de convertirse en estrellas, chicas con grandes sueños, como ella. Y Johnny las conocía a todas.

Stella se movía como una gata, su cuerpo voluptuoso invitaba a los hombres a mirar… aunque aquella noche no había muchos. De hecho, sólo había un tipo de hombros anchos en la barra que la miró de arriba abajo.

–Puedes mirar, pero mantén las distancias, amigo… éste es mi territorio –murmuró para sí misma.

Johnny Silver, su desastroso ex representante artístico, aficionado a los coches rápidos y a las mujeres fáciles, le había enseñado a moverse, a andar, a levantar la cabeza, a parecer una estrella sin serlo.

Menuda broma. Lo más cerca que había estado del estrellato era hacer de telonera antes de que tocase la estrella de verdad.

Y ahora había caído tan bajo como para cantar en Harry's.

Harry's era un bar de mala muerte de Las Vegas, un sitio donde iban hombres de mediana edad, divorciados, viudos, alcohólicos, jugadores sin dinero… un refugio oscuro para los que ya no podían ir a los casinos, para los que ya no tenían nada.

«Dentro de unos años yo seré como ellos», pensó Stella mientras se dirigía a la barra.

Su vestido negro era tan ajustado que no podía sentarse en un taburete, de modo que tuvo que permanecer de pie. Había engordado un par de kilos y eso no podía ser cuando las chicas nuevas eran cada día más jóvenes y más delgadas.

Mo, el camarero, le dio su «especial» del sábado por la noche: agua mineral con un gajo de lima en el borde de la copa. Stella exprimió la lima y, después de remover el cóctel, tomó un trago.

Además de Mo, el único cliente esa noche era el hombre alto de anchos hombros. Y ella conocía a los hombres. Aquel tipo no era un jugador.

Había una conferencia sobre el comercio de armas en Las Vegas ese fin de semana y, por alguna razón, imaginó que estaría allí por eso. Parecía un tipo duro, alto y fibroso, con el pelo oscuro muy corto. Debía de tener unos treinta años y algo en él le hizo pensar en Phillip de uniforme. Quizá fuera su aire de autoridad.

Y pensar en Phillip le hizo recordar otro bar siete años antes, cuando era una cría que cantaba donde fuera. Esa noche se había metido en un buen lío y, afortunadamente para ella, o quizá no tan afortunadamente, Phillip Westin la había rescatado.

Eran cuatro borrachos contra un solo marine, pero un marine cuyas manos eran armas letales. Al final, Phillip se la había llevado de allí en su moto y había sido tan tierno, tan comprensivo esa primera noche, tan preocupado por ella...

Lo que más le había impresionado de él era que no hubiese intentado seducirla. Hablaron durante toda la noche en la habitación de un hotel barato y sólo se habían acostado juntos dos días después.

Fue tan increíble que se habían quedado en la habitación durante una semana, haciendo el amor día y noche, incluso comiendo en la cama.

Cuando por fin se levantaron, ella le dijo que no podía caminar y él, que no volvería a tener una erección.

Pero ella, que se había tomado el asunto como un reto, le había demostrado lo equivocado que estaba. Muy equivocado. Y, después, Phillip le había pedido que se casara con él.

–Pero si ni siquiera te conozco…

–Pues entonces di que tal vez.

–Tal vez –sonrió ella.

«Tal vez» era suficiente para Phillip, al menos por el momento. Vivía en un rancho con su tío, pero en realidad él hacía todo el trabajo porque el pobre hombre estaba a punto de ingresar en una residencia de ancianos.

Todo era maravilloso hasta que, de repente, Phillip tuvo que irse a una misión en Oriente Medio. Sola en el rancho, ella se sintió tan abandonada y tan asustada como cuando sus padres murieron.

Si los días eran largos sin Phillip, las noches eran interminables. No sabía qué hacer y a ella no se le daba bien estar sola.

Y un día, un par de serios marines aparecieron en la puerta del rancho para decirle que Phillip había desaparecido en combate.

Desaparecido en combate.

Le dio pánico que estuviera muerto, como sus padres, pero no sabía qué hacer, a quién recurrir. Unas semanas después conoció a Johnny Silver y él prometió presentarle a Larry Martin, el famoso productor musical de Las Vegas. Y el resto era historia.

De repente, se le hizo un nudo en la garganta. No debería recordar el pasado y lo sabía.

¿Cómo iba a cantar esa noche? Para un hombre que le recordaba a Phillip…

Le pidió a Mo otro vaso de agua, pero el agua helada no la ayudó en absoluto.

¿Importaba si cantaba bien o mal? Aquello era Harry's y sólo había un cliente. Tras tomar la guitarra, Stella se dirigió al diminuto escenario.

Creía que no podía caer más bajo, pero estaba equivocada. Había perdido su trabajo dos semanas antes y el único al que Johnny pudo convencer para que la contratase fue Harry, el propietario de aquel agujero.

—No puedo trabajar en este tugurio –había protestado ella cuando estuvo a punto de pisar una cucaracha.

—Tienes que aceptar lo que venga, cariño. Así es la vida.

—Soy Stella Lamour, he trabajado en televisión…

—Una sola actuación en televisión.

—Pero tú prometiste convertirme en una estrella.

—Sólo has tenido un éxito. Despierta de una vez, cariño.

—¡Aquí apesta a cerveza rancia!

—Pues por eso tienes que aguantar hasta que lo consigas.

—Estoy cansada de aguantar y no he conseguido nada. Estás despedido.

–Cariño, eres Stella Lamour, la cantante de una sola canción –se había reído Johnny–. Muy bien, despídeme. Pero acepta el trabajo, tienes que comer.

Y ella había aceptado el trabajo, pero cada noche le resultaba más difícil fingir. Y más difícil seguir creyendo que algún día tendría éxito como cantante.

Stella abrió el micrófono, que soltó un estridente chirrido, y el hombre de la barra se acercó un poco más al escenario. Pero su forma de caminar le recordaba a Phillip...

Oh, Phillip...

«No pienses en el pasado. Sencillamente, canta».

«¿Para qué voy a molestarme? No hay nadie escuchando».

–Empezaré con una canción que escribí yo misma –murmuró, dirigiéndose a su público: Mo y el hombre de la barra–. *De vuelta en Texas*.

El cliente la miraba fijamente, como si le gustase lo que veía.

–Escribí esta canción hace siete años, antes de venir a Las Vegas –Stella volvió a mover el micrófono antes de empezar a cantar–. *Nadie más que tú, sólo tú, pero tuve que decirte adiós...*

Enseguida olvidó que estaba en Harry's. Estaba otra vez con Phillip en el rancho, donde las largas noches de verano olían a hierba y a mezquite y la música nocturna era el canto de los grillos.

–*Pensaba que el amor costaba mucho* –cantaba con

esa voz ronca que había pensado que la haría famosa–. *Pero yo no sabía…*

Entonces se dio cuenta de que estaba en Harry's y el recuerdo de sus fracasos estuvo a punto de ahogarla.

–*Vaya donde vaya no hay nadie más que tú en mi corazón, sólo tú. Pero tuve que decirte adiós…*

Phillip era el único hombre bueno que había conocido en toda su vida. Y lo había dejado. Qué gran error.

Había querido triunfar en el mundo de la canción para demostrarle que no era sólo una fresca a la que había conocido en un bar y con la que se había acostado cuando apenas se conocían. No, ella tenía que ser alguien de quien pudiera sentirse orgulloso.

Stella frunció el ceño cuando oyó un chirrido de frenos en el callejón. Oh, no. Sonaba como el Corvette de Johnny…

Lo último que necesitaba en aquel momento era tener que soportar a Johnny Silver. Pero, como esperaba, la puerta del bar se abrió unos segundos después y su ex representante entró en la sala respirando con dificultad. El pobre parecía un conejo gordo perseguido por sabuesos, pero su rostro se iluminó al verla.

–¡Cariño!

Oh, no. Seguro que quería algo.

–Te dije que estabas despedido.

Johnny encendió un cigarrillo mientras sus cortas y regordetas piernas empezaban a moverse hacia el escenario. Era un fumador empedernido, de modo que para él todo era un esfuerzo, y cuando llegó al escenario, estaba sin aliento.

–Tómate un descanso, cariño –le dijo, entre jadeos–. Tengo que hablar contigo.

Apartando el humo con la mano, Stella apagó el micrófono y lo siguió hasta la barra, donde Johnny pidió una copa.

–Pon algo de alcohol en el vaso, hijo de…

–Johnny, no puedes hablarle así a Mo.

El camarero dejó la botella sobre la barra con tal violencia que estuvo a punto de romperla. Mo era un hombre grande, mucho más grande que Johnny, y tenía muy mal carácter. Y su rostro se había ensombrecido como le ocurría cuando se encontraba con algún cliente difícil. Stella temía que se liara a puñetazos.

–Tranquilo, Mo –le advirtió, preguntándose por qué se molestaba en defender a Johnny.

–Gracias, cariño. Oye, necesito dinero rápido.

–No me pagan hasta el lunes –dijo ella–. Además, no es asunto tuyo cuándo me paguen.

–Te he conseguido un buen trabajo, en serio. Estás a punto de llegar, cariño. Tienes que ayudarme.

–Eso fue lo que dijiste cuando me robaste los derechos de la canción para pagar…

–¿Yo? No, cariño, yo no te he robado nada. Tomé prestado algo de dinero para pagar unas deudas de juego, nada más. Pero ahora un par de tipos muy poco razonables están haciendo demandas a un pobre hombre que sólo quiere convertirte en estrella.

–¡Ya no trabajas para mí!

–¿Vas a ayudarme o no? –Johnny parecía tan asustado que se le salían los ojos de las órbitas.

¿Cuándo iba a aprender de una vez? Se odiaba a sí misma por ser tan blanda.

–¿Cuánto?

–Tienes un gran corazón, cariño. No se puede decir eso de todas las chicas de Las Vegas.

Mientras Stella metía la mano en su sujetador para sacar el dinero que llevaba, la puerta del bar se abrió y dos hombres vestidos de negro, que inmediatamente la hicieron pensar en dos serpientes, entraron en el bar.

–Será mejor que esta vez me lo devuelvas, Johnny.

–Claro que sí, cielo.

–¡Silver! –gritó uno de los recién llegados.

Sin esperar un segundo más, Johnny le arrebató el dinero y salió corriendo hacia la puerta de atrás.

–¡Lo tiene ella, yo no sé nada!

Los dos hombres corrieron tras él y Stella oyó empujones y gritos en el pasillo… como si estuvieran aplastando a Johnny contra la pared. Pero poco después oyó las ruedas de su Corvette alejándose como si lo persiguieran los perros del infierno.

Estaba pidiéndole a Mo más agua cuando los dos matones aparecieron a su lado y uno de ellos la tomó del brazo.

–¡Quíteme las manos de encima!

–Johnny dice que tú tienes el dinero –el hombre que sujetaba su brazo tenía la piel aceitunada, los ojos oscuros y muchos granos.

–No sé de qué está hablando –Stella empezó a temblar. Todo el mundo en Las Vegas sabía que los tipos como él no se andaban con bromas.

–Nero tiene métodos para refrescarle la memoria a una chica –dijo el otro, el más alto–. Nosotros estamos especializados en deudas de juego. Nuestros clientes pierden y piden dinero prestado. Y cuando no quieren pagar, los motivamos para que lo hagan. Fin de la historia.

El hombre más alto era muy pálido, con unas gafas de montura dorada.

–Me llamo Pope –añadió, mirándola de arriba abajo–. Eres guapa. Podrías trabajar para pagar la deuda de Johnny… no sé si me entiendes.

–¿Cuánto dinero les debe? –preguntó ella, con el corazón acelerado.

Pope mencionó una suma elevadísima que la dejó sin aire.

–Johnny dice que te dio el dinero a ti. Páganos y nos iremos ahora mismo.

–Yo no tengo ese dinero.

–Pues consíguelo. ¿Entiendes, guapa? –dijo el otro, apretando su brazo.

Stella empezó a temblar. Era evidente que no estaban de broma. Nerviosa, miró hacia la puerta. Tenía que huir de allí…

Pero antes de que pudiera dar un paso, los matones parecieron leerle el pensamiento.

–No, de eso nada –Nero la empujó hacia la puerta y, cuando intentó agarrarla del pelo, Stella aprovechó para morderle la mano con todas sus fuerzas.

Lanzando un grito de dolor, el matón la soltó y ella corrió hacia el lavabo de señoras. Y cuando Nero se lanzó tras ella, el hombre de la barra, el que se parecía a Phillip, le puso la zancadilla.

–¡La señorita ha dicho que la deje en paz!

Stella oyó un estruendo de mesas y sillas rotas.

–No se meta en esto, amigo. Esa mujer nos debe dinero.

La ventana del lavabo era lo bastante grande como para saltar por ella, pero había casi dos metros de allí al suelo y Stella llevaba zapatos de tacón. Cuando estaba intentando decidirse, oyó gritos en el bar… Mo se había metido en la pelea y estaba intentando controlar a Pope.

–¿Eres policía o qué? –le gritó el gánster.

–Tiene cara de policía…

Stella, que se había subido al inodoro, oyó disparos en el bar y, horrorizada, lanzó la guitarra por la ventana antes de tirarse ella. Al caer se torció un tobillo y se levantó como pudo, intentando arreglarse un poco el vestido rasgado.

Pero cuando miró alrededor, su guitarra no estaba por ninguna parte…

Una mano la agarró en la oscuridad y ella se apartó de un salto, lanzando un grito de dolor al apoyar el pie dolorido.

–Tranquila, no voy a hacerte daño.

Era el hombre alto del bar, con su guitarra en la mano.

–¿Quieres que te lleve a algún sitio?

–Pues…

–No puedes irte a casa. Y no puedes quedarte en Las Vegas con esos tipos persiguiéndote. Te matarían.

Tragando saliva, Stella lo siguió hasta un coche oscuro aparcado en la parte de atrás.

–¿Crees que van a dejarte en paz si no les das el dinero? Saben dónde vives, seguro.

–Me está asustando.

Después de ayudarla a subir al coche, el hombre le preguntó, burlón:

–¿Tu madre no te dijo nunca que no debes subirte al coche de un desconocido?

–Yo no tuve una madre.

–Todo el mundo tiene madre.

–Sí, pero yo tenía cinco años cuando murió.

–Ah, una pena –murmuró él, mientras arrancaba el coche.

–Mi historia es como la de Cenicienta, con calabazas y todo pero sin el príncipe. Cuando era pequeña solía cantar con mi madre en el escenario y ella me dijo que sería una estrella, pero murió… –a Stella se le quebró la voz–. En cualquier caso, si te portas mal, siempre puedo darte en la cabeza con mi guitarra.

–Pues te cargarías una guitarra estupenda –se rió él.

–Gracias por salvarme.

–De nada. ¿Adónde vamos?

–A la estación de autobuses.

–¿Y luego?

–A Texas –contestó ella.

–¿Vives allí?

–No exactamente. Pero tengo un ex novio con complejo de héroe –Phillip, su querido Phillip.

–Esa canción que has cantado… era para él, ¿verdad?

–Sí.

–¿Lo dejaste plantado?

–Aun así, me ayudará.

–¿Y si se ha casado?

–No está casado.

–¿Y cómo lo sabes?

Stella miró por la ventanilla las brillantes luces de Las Vegas. No iba a admitir que sabía de Phillip porque leía el periódico de Mission Creek en Internet, de modo que se mordió los labios.

Cuando llegaron a la estación de autobuses, él salió del coche y la acompañó a la taquilla.

–Le has dado a tu representante todo el dinero que tenías, ¿verdad? –le preguntó, sacando la cartera del bolsillo.

–Sí –suspiró ella–. Y, además, me he dejado el bolso en… el camerino.

El hombre le ofreció cinco billetes de cien dólares.

–No necesito tanto.

–Es un préstamo –sonrió él, ofreciéndole una tarjeta.

–Se lo devolveré, en serio –Stella leyó el nombre impreso en la tarjeta–. Cole Yardley.

–Buena suerte –se despidió Yardley, antes de alejarse.

–Gracias, señor Yardley –murmuró ella–. Gracias, de verdad.

Y después compró un billete de autobús para Mission Creek, Texas, donde vivía Phillip.

Oh, Phillip…

Capítulo Dos

Mission Creek, Texas

Eran las diez de la mañana cuando el autobús se detuvo delante del café de Mission Creek, bajo el inmenso cielo de Texas. Pero la chica que dormía en el asiento, y que parecía llevar el vestido de noche de su madre, no parecía haberse dado cuenta. Estaba doblada sobre sí misma, su bonita cara aplastada contra el brazo del asiento.

Stella dio un salto cuando el conductor tocó suavemente su hombro para avisarle de que habían llegado a Mission Creek.

Pero ya no era Stella, pensó. En Mission Creek era Celeste Cavanaugh.

—No quería asustarla —se disculpó el hombre mientras ella se frotaba los ojos.

—No se preocupe. Espere un minuto, por favor, estoy medio dormida…

—Tómese su tiempo. Ahí fuera hace calor.

Julio. En Texas. Claro que hacía calor.

—No hace más calor que en Las Vegas.

De la sartén al fuego, pensó mientras bajaba del autobús con la guitarra, el vestido negro ajustado y

29

los tacones altos. Suspirando, se colocó la guitarra al hombro e hizo lo posible por parecer una estrella... aunque iba cojeando por un aparcamiento vacío hasta el café de Mission Creek, que hacía las veces de estación de autobuses.

La histórica plaza no había cambiado mucho en esos siete años, pensó, mirando el Juzgado, el banco, la oficina de correos y la biblioteca.

Estaba de vuelta en Mission Creek, el pueblo al que casi había elegido como su hogar siete años antes. Estaba de vuelta, aunque a nadie le importaba.

Entró en el café y fue al lavabo de señoras para arreglarse un poco. Era horrible mirarse al espejo y odiar a la persona que era, pensó. La fría luz del fluorescente revelaba el viaje de casi treinta horas y más realidad de la que Celeste podía soportar tan temprano. Cerrando los ojos, se echó agua fría en la cara.

¿Qué pensaría Phillip cuando la viera? La sombra de ojos se había convertido en una mancha negra, lo que quedaba del carmín de labios estaba agrietado y su largo pelo rubio tenía un aspecto grasiento después del viaje en autobús.

No tenía peine, pero se limpió el carmín y las manchas negras de los ojos con papel higiénico antes de beber un poco de agua del grifo para contrarrestar el mal sabor de boca. Cómo deseaba darse un baño caliente... o una ducha de agua fría, le daba igual.

Cuando pensaba que no podía caer más bajo,

allí estaba, con un vestido de noche rasgado y un tobillo hinchado, en el café de Mission Creek. Phillip la había llevado a comer allí una vez porque el café era conocido por su comida casera y a él le encantaba el pan recién hecho.

Carbohidratos. No debería tomar tantos carbohidratos.

Celeste volvió a mirarse al espejo. Tenía treinta y dos años y las arruguitas de expresión alrededor de los ojos empezaban a notarse. Muy poco aún, pero...

Siete años después y estaba de vuelta donde había empezado. Aun así, algún día...

–Voy a conseguirlo. Algún día seré una estrella.

Una podía soñar, ¿no?

Pero entre sueño y sueño, una tenía que comer, pensó luego. De repente estaba hambrienta y tenía casi cuatrocientos dólares guardados en el sujetador, más que suficiente para desayunar. Después de todo, aquello no era el Ritz. Y estaba en Texas, donde los carbohidratos y la comida grasienta, cuanto más mejor, eran muy baratos.

Celeste encontró una mesa libre y pidió el desayuno. Y cuando la camarera volvió con un plato de huevos revueltos, salchichas y panecillos con mantequilla, decidió reunir valor para preguntar por Phillip.

–¿Phillip Westin sigue viviendo en el Lazy W?

–¿Por qué quieres saberlo? –la actitud amable de la mujer había cambiado por completo.

–¿Es que no puedo preguntar?

–Claro que puedes. Pero aquí la vida de la gente es cosa de todos.

–Ah, y yo que tenía esperanzas de que hubiesen madurado…

–¿Por qué quieres saber de Phillip?

–Soy amiga suya.

–Westin tiene muchas amigas.

–¿Ah, sí?

–Las chicas del club de campo.

–¿El club de campo Lone Star?

–¿Has estado allí alguna vez?

–Un par de veces.

–¿Cómo te llamas, guapa?

–Mire, déjelo.

–Ah, vaya, ahora tenemos secretos…

–Que yo sepa, no es un crimen –replicó ella.

La camarera se alejó, sonriendo, y Celeste tuvo que disimular un suspiro. Estaba huyendo de unos asesinos, deliberadamente poniendo a Phillip en peligro, pensó, sintiéndose culpable. Él había seguido adelante con su vida y salía con chicas del exclusivo club de campo…

Tenía dinero, le iba bien. Y ella era lo último que necesitaba en su vida.

Suspirando, Celeste dejó caer el tenedor sobre el plato. Había perdido el apetito. ¿Qué le pasaba? ¿Por qué había tenido que discutir con la camarera? Se sentía tan sola, tan desesperada y tan avergonzada por su aspecto… Y entonces la camarera le había dicho que Phillip salía con las chicas del club de campo.

¿Por qué había tenido que ir allí? ¿Por qué había pensado…?

Si fuera un poco inteligente, tomaría el siguiente autobús a San Antonio y se perdería en la gran ciudad.

Pero debería haber sabido que la camarera no iba a dejarlo estar en un pueblo tan cotilla como Mission Creek. Antes de que los huevos revueltos se enfriasen, la mujer volvió con un teléfono inalámbrico en la mano y una sonrisa en los labios.

–Está en casa.

–¡No lo habrá llamado! –exclamó Celeste, atónita. La mujer le hizo un guiño–. No, por favor, cuelgue ahora mismo…

–Tiene el pelo rubio… un poco sucio, sí –empezó a decir ella–. Y un vestido de noche negro con un desgarrón en el muslo izquierdo. Pero tiene bonitas piernas y una figura sensacional. Y una guitarra que ocupa una silla entera… sí, una guitarra. Y se ha hecho daño en el tobillo… ¿qué? –la camarera le ofreció el teléfono–. Quiere hablar contigo.

Celeste lo aceptó, temblando.

–¿Hola?

–¿Celeste? –era la voz de Phillip, con su más firme tono de marine.

–¿Phillip?

–Mabel dice que te has hecho daño en un tobillo.

–Estoy bien, estoy bien.

–Te has metido en algún lío…

¿Para qué iba a mentir? Había ido allí a buscarlo, después de todo.

—Sí, veras…

—Y quieres que yo te ayude.

Celeste tragó saliva al pensar en Pope y Nero. Si la habían seguido y le pasaba algo a Phillip, sería enteramente culpa suya.

—¿Crees que voy a ir a buscarte en un caballo blanco para sacarte del café en brazos?

—Por favor, no me lo pongas más difícil.

—¿Qué quieres entonces?

«No terminar tirada en un callejón con el cuello rajado».

—Sólo verte —le dijo.

Él se rió, pero aquel sonido amargo no era la risa clara que una vez había amado tanto.

—Quieres mucho más y los dos lo sabemos.

Phillip sabía cómo odiaba ese tono de militar sabelotodo. No podía soportarlo, como no podía soportar hablar con él cuando la juzgaba de esa forma.

—Yo no nací rica como tú. Si tú hubieras tenido que soportar la mitad de lo que he soportado yo… —Celeste no terminó la frase porque sabía que era un golpe bajo—. Lo siento.

Por un instante, sólo un instante, vio el rostro pálido de su madre en el ataúd y recordó lo pequeña y lo sola que se había sentido cuando murió.

—Quédate en el café. Enviaré a Juan a buscarte en cuanto vuelva con la camioneta.

—¿Juan? Yo preferiría…

Pero Phillip no oyó la frase porque ya había colgado.

Media hora después, llegaba el peón de Phillip en una polvorienta camioneta azul.

Mientras Celeste salía del café con su guitarra, la camarera murmuró como para sí misma:

–Ahí fuera está tan seco… Qué bien nos vendría un poco de lluvia.

Juan era bajito y moreno, con una camisa roja y vaqueros gastados cubiertos de polvo. No hablaba su idioma y ella no hablaba el suyo, de modo que hicieron el viaje hasta el rancho en silencio, escuchando la radio y viendo el paisaje. Si aquello podía llamarse paisaje. Al contrario que Las Vegas, el sur de Texas estaba cubierto de arbustos espinosos.

Una vez en el rancho, Juan se detuvo frente a una casa blanca con un porche que daba la vuelta a todo el edificio.

–¿Dónde está el señor Westin?

–¿El señor Westin? –repitió el hombre, subiendo los escalones del porche y señalando el interior. Luego le abrió la mosquitera y se apartó, como un caballero, para dejarla pasar.

En cuanto vio el sofá de color granate que ella misma había comprado en Sears, el corazón de Celeste empezó a latir con fuerza. Nada había cambiado. El mismo sillón que había comprado para Phillip frente al televisor… A lo mejor la pantalla era más grande, no estaba segura.

Conocía bien la casa, pero no pensaba ponerse a explorar el sitio que una vez había sido su hogar.

Phillip solía visitar el Lazy W durante el verano, cuando era niño. Y luego, de mayor, se fue a vivir allí con su tío. El hombre había muerto unos años antes, dejándoselo a él en su testamento.

Phillip le había contado que varios de sus amigos marines de la Unidad 14 también vivían por allí. Todos pertenecían al club de campo Lone Star y él se había hecho socio porque le habían dicho que allí iban las chicas más guapas de la zona. Aparentemente, cuando la Unidad 14 estaba fuera de servicio, su ocupación favorita era perseguir mujeres.

Una vez marine, siempre marine, pensó mientras dejaba su guitarra en el suelo. Y ahora que estaba allí aparecían los recuerdos.

Había estado enamorada de Phillip entonces, pero nunca había dejado de soñar con ser una estrella de la música. Y amar a Phillip sólo había hecho que lo desease aún más. Quería ser alguien especial para que la amase, para sentir que lo merecía.

Esas dos obsesiones habían luchado constantemente en su interior. Era increíblemente feliz cuando estaba entre sus brazos, pero en cuanto lo enviaron a una misión, se sintió atrapada y asustada. Y luego él había desaparecido…

¿Cuánto tiempo podía esperar una mujer a un hombre desaparecido en combate? Celeste temía que hubiera muerto y no sabía qué hacer. Las paredes la ahogaban como una prisión y tuvo que salir huyendo. Tenía que hacerlo, pero Phillip no lo había visto así.

Cuando la llamó por teléfono ella daba saltos de felicidad. Estaba vivo y deseaba tanto verlo, decirle que había grabado su primer disco con la canción que él le había inspirado...

Pero no pudo hacerlo porque Phillip se negaba a escuchar.

¿Por qué no había querido darle una oportunidad? ¿Por qué no había intentado entenderla siquiera? Lo único que entendía era que lo había dejado.

–¡Pero yo no sabía que estuvieras vivo! Pensé que habías muerto...

Phillip había creído lo peor de ella y ahora estaba de vuelta en su casa. ¿Cómo la trataría? ¿Estaría enamorado de otra mujer?

–¡Phillip! –lo llamó, deseando terminar con las dudas.

Pero no hubo respuesta.

¿De verdad estaba tan quemada que no había una sola oportunidad de convertirse en estrella de la música country? ¿Debería olvidarlo y conformarse con una vida normal llena de tareas y niños, con algún hombre normal y corriente? Aunque nadie podría decir que Phillip Westin fuera un hombre corriente.

Celeste entró en la cocina y vio que había platos sucios en el fregadero. No tenía que contestar a todas esas preguntas tan profundas aquel mismo día, se dijo. Lo único que tenía que hacer era convencer a Phillip para que la ayudase hasta que pudiera encontrar un trabajo. Él conocía gente. Además, le gustaba ayudar a los demás y seguro que también la ayudaría a ella.

–¿Phillip?

De nuevo no hubo respuesta, pero cuando salió al pasillo, oyó el grifo de la ducha. Paralizada, se quedó parada delante de la puerta del dormitorio hasta que se cerró el grifo… y escuchó un chirrido de cañerías que recordaba. El repentino chirrido rompió la tensión y se echó a reír.

Habían hecho el amor en esa ducha más veces de las que podía recordar.

–¿Phillip? –lo llamó de nuevo, para que no saliera al pasillo desnudo.

–¡Un momento!

Su voz ronca, masculina, envió un estremecimiento por su espalda… y eso fue antes de que saliera de la habitación con unos vaqueros gastados sin abrochar del todo, secándose el pelo oscuro con una toalla.

Él estaba tan guapo y ella llevaba un día entero sin ducharse…

Cuando tiró la toalla en el interior de la habitación, Celeste comprobó que, como siempre, su pelo se rizaba cuando estaba mojado.

Miró su ancho torso, su estómago plano, el vello oscuro que se perdía más abajo del ombligo…

Se mantenía en forma, por supuesto. Pero era de esperar. Phillip era un marine de los pies a la cabeza. Era un hombre disciplinado, serio, riguroso. Hacía un plan y se atenía a él.

No como ella, que se ponía a soñar y se olvidaba de la realidad. Podía pasar días paralizada por el miedo o la angustia y por eso había terminado en su rancho, sin un céntimo y con peor aspecto que el día que la conoció.

Menudo regreso a casa.

¿Y Phillip? Estaba tan guapo como siempre, peligrosamente guapo. Con una boca tan sensual que daban ganas de besarlo. Besaba tan bien…

Siete años trabajando al aire libre habían endurecido su rostro, marcando líneas alrededor de los ojos y la boca. Parecía mayor, más duro y sin embargo… seguía siendo su Phillip.

¿Su Phillip? Qué ridículo.

Aún no se había afeitado, el mentón cuadrado tenía una sombra oscura que le daba un aspecto duro y viril… para comérselo. Solía afeitarse en la ducha antes de hacer el amor.

Cuando levantó los ojos, se ruborizó al darse cuenta de que él estaba mirando su escote.

–No he tenido tiempo de comprar ropa nueva.

–¿Cómo es que has tenido que irte de Las vegas con tanta prisa?

Celeste se mordió los labios. No podía contarle la verdad. Si lo hiciera, él la despreciaría. ¿Por qué no había ido a un hostal del pueblo para arreglarse un poco? ¿Por qué no había esperado un día o dos para montar una historia creíble?

Porque, al contrario que Phillip, ella no planeaba las cosas. Además, estaba histérica cuando se marchó de Las Vegas.

Él seguía mirándola con expresión indescifrable. Ni siquiera con un parpadeo le dio a entender que verla en su casa, vulnerable y asustada y sin embargo, tan sexy como siempre, lo turbase en absoluto.

Phillip volvió a mirar sus pechos. Que no pudiese apartar los ojos de ella la hacía sentirse un poco mejor. Lo cual era ridículo. No estaba allí para acostarse con Phillip. No quería que la deseara.

«Mentirosa».

–Sé que no tengo buen aspecto –le dijo, con un aire de inocencia completamente falso.

–Estás bien –replicó él. Pero su tono era amargo.

Celeste vio entonces que tenía un corte en la mejilla.

–Te has hecho daño –murmuró, levantando una mano para tocar la herida.

Pero Phillip se apartó.

–No es nada.

–¿Qué te ha pasado? –suspiró ella, con lágrimas en los ojos–. ¿Has estado en alguna otra misión?

–Como si a ti te importase algo. Podría haber muerto y te habría dado igual.

No le habría dado igual en absoluto, pero sería mejor dejar el tema.

Phillip tomó su mano con intención de apartarla, pero en cuanto la rozó, Celeste se quedó sin aliento. Y él también.

Sus ojos se encontraron. Ella dijo su nombre y Phillip el suyo. Su voz sonó tan trémula como la de Celeste.

Y entonces fue como si estuvieran envueltos en un hechizo o como si hubieran perdido la cabeza por completo. Antes de que pudiera evitarlo, o él pudiera apartarse, Celeste se echó en sus brazos, agarrándose a su cuello con una fuerza que no creía poseer.

Se sentía tan segura en sus brazos, tan protegida después de todo lo que había pasado en Las Vegas, que se derritió contra él como un gatito asustado.

Su piel estaba caliente y olía a jabón y champú... y a hombre. De nuevo, recordó esas duchas de antaño...

—Abrázame, por favor. Ha pasado tanto tiempo...

Él vaciló durante un segundo, pero después la enterró entre sus brazos.

—¿Por qué me marché? ¿Cómo pude hacerlo? —suspiró—. Oh, Phillip, pensé que...

—¡No!

Phillip estaba tenso, pero su corazón latía acelerado. No, no era inmune, y ella tampoco.

Aunque le daba igual. Ella quería ser una estrella, no la esposa de un ganadero en un lugar perdido de Texas donde no llovía nunca... a menos que hubiera un huracán. No quería ser la esposa de un ex marine que en cualquier momento podría irse a una misión y perder la vida.

Y, sin embargo, se aferró a él y lo besó en el cuello...

Pero el beso fue demasiado para él.

—No vuelvas a hacerlo —le advirtió, sin aliento—. A menos que pienses llegar hasta el final —añadió, desnudándola con la mirada.

—Tú siempre me has deseado tanto como yo a ti. Entonces, ¿por qué soy yo la mala?

41

–Tú conoces las reglas. No las he inventado yo.

–¿Qué reglas? –a Celeste le latía el corazón de tal forma que apenas podía respirar.

–Los hombres pueden acostarse con quien quieran, las mujeres no.

–Eso es una estupidez. ¿En qué siglo vives? Además, ¿tú qué sabes sobre mí? ¿Cómo te atreves a decir eso?

–Has llegado a mi casa medio desnuda, con un provocativo vestido de noche desgarrado. Mira, vamos al grano: está claro que algún hombre ha intentado quitártelo en un bar de mala muerte.

–Eso no es…

–Luego te lanzas sobre mí, usando todos los trucos del mundo, y esperas que crea…

–Me rasgué el vestido escapando por una ventana.

–¿Escapándote de la habitación de un hombre?

–¡Piensa lo que te dé la gana! Eres tan imposible como siempre. Crees que lo sabes todo, crees que me conoces…

–Te conozco en el sentido bíblico –se rió Phillip–. Y sigues siendo la misma.

El comentario la enfureció de tal forma que no pudo replicar.

–Te encontré en medio de una pelea en un bar –siguió él–. Debería haber sabido entonces lo que eras, pero parecías dulce, tan vulnerable que me engañaste.

–Y por esa primera noche tú te crees mejor que yo –replicó Celeste.

–¿Y qué si es así?

Ella sacudió la cabeza, entristecida.

–No sé por qué he vuelto…

–Deja que lo adivine: te has metido en un lío y seguramente necesitas dinero.

–Lo que necesito es un trabajo decente.

–¡Ja! ¿Vestida así?

–Escúchame, por favor. Tienes que escucharme…

–Pensabas que sería fácil engañarme, ¿verdad? Viviendo aquí solo, sin una mujer, sería presa fácil para ti, claro. Pues hay algo sobre lo que no te has equivocado, cariño: sigo deseándote.

Su voz era tan dura, tan llena de odio, que Celeste se llevó una mano al corazón.

–Mírame –dijo Phillip entonces.

Nerviosa, ella lo miró a los ojos e inmediatamente se sintió como desnuda. Temía ser tan transparente como el cristal para él.

–Y sé que tú sientes lo mismo. ¿Quieres quedarte aquí discutiendo o prefieres que vayamos al grano?

–¿A qué te refieres?

–A la cama, cariño. Pero no creas que tiene nada que ver con el amor; sólo es sexo y dinero. Te pagaré.

Celeste lo apartó de un empujón.

Phillip Westin no era mejor que Nero y Pope. Pero era su última oportunidad, de modo que, apretando los puños, tuvo que morderse la lengua. Había dos asesinos buscándola. Tenía que concentrarse en saber por qué había ido a ver a aquel hombre al que una vez había sido tan tonta de amar. Porque su actitud hacía difícil recordar que, además de un machito, egoísta e imbécil, Phillip Westin era un hombre bueno.

Y tenía que convencerlo para que la ayudase a encontrar un trabajo. Por una vez tenía que ser inteligente y trazar un plan.

–No hay ninguna razón para hacerse la dura, cariño. Cuanto antes nos vayamos a la cama, antes conseguirás lo que quieres.

Celeste levantó la barbilla, orgullosa.

–¿Qué soy para ti, una diversión? El hombre al que yo conocí solía ayudar a la gente. No los insultaba ni se reía ni intentaba aprovecharse de ellos cuando estaban en su peor momento.

–¿Por qué estás aquí, Celeste? ¿Qué es lo que quieres?

–Ya te lo he dicho, necesito un sitio donde vivir durante un tiempo y un trabajo decente.

–¿Decente? –repitió él, irónico.

–¿Tan difícil te resulta creerlo?

–Una ambición demasiado simple para una mujer como tú. Tú querías fama y fortuna.

–¿Y eso es tan terrible?

–¿Sigues queriendo ser una estrella de la canción?

Celeste no iba a admitir que ése seguía siendo su sueño porque no quería que se riera de ella.

–¿Te haría feliz saber que la vida me ha hecho ver lo difícil que es tener éxito?

–¿Entonces qué es lo que quieres?

–Tú conoces a mucha gente de por aquí y a lo mejor podrías conseguir que me contratasen en el club de campo como cantante. O incluso de camarera. Necesito un trabajo urgentemente.

–¿Quieres un trabajo? Muy bien, yo te daré un trabajo.

–¡No voy a acostarme contigo por dinero!

–No es eso, necesito un ama de llaves.

–No creo que eso sea lo que…

–Tú hiciste de Cenicienta en todas esas casas de acogida, ¿no? Pues entonces puedes vivir aquí y hacer lo mismo por mí.

–No creo que sea buena idea vivir juntos, Phillip. Acabas de sugerir que nos acostemos de una manera tan sórdida…

–No actúes como si te merecieras algo mejor.

–¡Todo el mundo se merece algo mejor! ¿Quién crees que eres tú, un santo? –exclamó Celeste, furiosa.

–Muy bien, hay un puesto libre de ama de llaves. O lo tomas o lo dejas.

Ella lo miró, entristecida.

–Antes no eras así.

–A lo mejor la vida también me ha dado un par de lecciones. Estuve a punto de morir en Oriente Medio.

–Oh, Phillip…

–Y luego volví a casa para casarme con la mujer de la que estaba enamorado, pero ella se había ido con otro.

–No me marché con Johnny. No fue eso y tú lo sabes.

–No, no lo sé.

–Porque no quisiste escucharme.

–Te habías ido. Eso era todo lo que sabía.

–Sí, es verdad… –Celeste se aclaró la garganta–. Y siento mucho haberte hecho daño.

–Me lo hiciste, pero ya no me importas nada.

Cuando apartó la mirada, Celeste se dio cuenta del daño que le había hecho.

–Phillip…

La quería demasiado. Por eso no había ido a buscarla. Ella estaba tan perdida en sus propios sueños, tan convencida de que podría triunfar en el mundo de la música que no había pensado que alguien tan duro como Phillip Westin podía ser tan vulnerable como ella. Bueno, pues ya era demasiado tarde. Se había vuelto duro y frío y la detestaba tanto que la trataba como si fuese una cualquiera.

–¿Qué te ha pasado en la cara?

–Tuve un accidente. No llevaba puesto el cinturón de seguridad.

–Deberías tener más cuidado.

–¿Vas a quedarte aquí para cuidar de mí?

–No creo que fuese buena idea –suspiró ella–. Estoy empezando a ver que no estábamos hechos el uno para el otro.

–Pero has vuelto.

–Y ha sido un error –murmuró Celeste–. Olvida que he venido…

Phillip no intentó detenerla mientras tomaba la guitarra, que parecía pesar como un plomo. Pero en cuanto salió al porche, se dio cuenta de que estaba en medio de ninguna parte. Y, con el tobillo hinchado, no sería capaz de volver a la estación de autobuses andando.

–¿Cómo piensas volver al pueblo?

–Si no te importa que me lleve Juan…

–Está trabajando en el establo. Puedes ir a buscarlo.

Al dar la vuelta a la casa, Celeste vio un grupo de buitres sobrevolando el rancho. Eso significaba que debía de haber algún animal muerto en los pastos, pensó. El sol caía a plomo sobre sus hombros desnudos mientras se acercaba al edificio de madera… y entonces notó un olor nauseabundo.

Y enseguida vio algo mucho peor: cientos de moscas sobre una vaca tumbada de lado, el vientre hinchado, las patas estiradas, los buitres negros volando cada vez más cerca.

Estaba a punto de llamar a Phillip cuando un aleteo llamó su atención. Pero no era el aleteo de un pájaro, sino el de un papel. Alguien había clavado una nota al cadáver del animal.

Sorprendida, Celeste se acercó para leerla.

Tú le has hecho daño a mi familia, así que ahora yo le haré daño a la tuya.

Celeste lanzó un grito de pánico. El olor del establo combinado con el olor del animal muerto se mezcló con el calor, haciéndole sentir náuseas. El mundo empezó a dar vueltas y estaba tan mareada que apenas podía mantenerse en pie.

Tras ella se cerró una puerta y luego sintió como si Pope y Nero la agarraran del pelo…

–¡Phillip! ¡Sálvame, sálvame! No dejes que me lleven…

–Aquí no hay nadie –oyó su voz entonces.

–Gracias a Dios –le pesaban los párpados mientras se agarraba a la cerca y el cielo pareció volverse negro de repente–. Phillip…

–Estoy aquí –dijo él, con voz ronca.

–Phillip… no, no. Phillip no me quiere…

–No estés tan segura de eso, cariño –murmuró él, mientras la tomaba en brazos.

Estaba en los brazos de Phillip, pensó Celeste, pero el Phillip que la levantaba ahora no era el que la odiaba. No, aquel hombre era dulce, el guerrero gigante del que se había enamorado.

Una sonrisa se formó en sus labios mientras susurraba su nombre y le suplicaba que la salvase.

Y luego todo se volvió negro.

Capítulo Tres

Cuando Celeste recuperó el conocimiento, estaba en la cama de Phillip y, él, sentado a su lado.

–Lo siento –se disculpó.

–No tienes que hacerlo. Me quedaré –susurró ella.

–¿Por qué?

–Porque necesito un trabajo. Cualquier trabajo. Y no tengo dónde ir –demasiado orgullosa como para mirarlo a los ojos, Celeste se quedó mirando hacia la ventana.

«Porque sé que tú puedes ayudarme».

–No llores –murmuró él.

Celeste se secó las lágrimas de un manotazo.

–¿Quién está llorando?

–Tú –Phillip le ofreció un pañuelo.

–¡No estoy llorando! No me gusta nada llorar –suspiró ella, intentando sonreír.

–Así me gusta más –murmuró él–. Pero voy a llamar al comisario para que investigue el asunto de la vaca. Creo que sé quién está detrás de esto.

–¿Quién? –preguntó Celeste, asustada.

–No tiene nada que ver contigo, no te preocupes. Tiene que ver conmigo y con un asunto que dejé a medias en Centroamérica.

–¿En Centroamérica?

–Bueno, da igual. Pero ten cuidado. Cierra con llave cuando yo me vaya y cuando Juan no esté por aquí. No me lo perdonaría a mí mismo si mi trabajo te pusiera en peligro.

–¿Tu trabajo?

–Sí.

Celeste tragó saliva. Estaba tan preocupado por ella que le daba vergüenza no contarle la verdad sobre Las Vegas. Le daba vergüenza estar peor de lo que estaba siete años antes y la emocionaba su deseo de protegerla. Pero no podía confesarle que seguramente era ella quien le estaba poniendo en peligro.

–Gracias, Phillip. No me quedaré mucho tiempo… te lo juro.

–Quédate el tiempo que quieras.

Celeste cerró los ojos un momento… y cuando volvió a abrirlos, él se había ido, las persianas estaban bajadas y había una caja con ropa en el suelo de la habitación.

Phillip debía de haber entrado en algún momento mientras estaba dormida. Cuando se levantó y miró en la caja, vio que dentro estaba la ropa que había dejado cuando se marchó.

Lo había guardado todo… durante siete años.

¿Había estado esperando que volviera?

–Oh, Phillip…

De repente, se odiaba a sí misma. Estaba usándolo como escudo humano. Quizá Pope y Nero la habían seguido. A lo mejor eran ellos los que habían matado a la vaca.

«Díselo. Phillip se merece saber la verdad. Si no se lo cuentas, se pondrá furioso».

Suspirando, sacó un vestido blanco de la caja y lo sujetó frente a ella, mirándose al espejo.

Phillip la había llevado a una tienda muy elegante de Corpus Christi una tarde, poco antes de que se fuera a Oriente Medio, y le había comprado varios vestidos. Aquél en particular, con botoncitos de perla, le gustó tanto que se lo había llevado puesto, con la etiqueta y todo. Riendo, él la había cortado con su navaja suiza… y luego la llevó a la isla Mustang. Era primavera y la brisa movía la falda de su vestido mientras perseguían a las gaviotas por la playa. Locos el uno por el otro, se habían escondido detrás de unas dunas para hacer el amor sobre una toalla.

Tocando las diminutas perlas, Celeste empezó a temblar al recordar los dedos de Phillip desabrochando cada botón. Era tan torpe que tuvo que ayudarlo…

–Oh, Phillip… –suspiró, hundiendo la cara en la tela del vestido–. No me quedaré mucho tiempo. No puedo enamorarme otra vez. Solucionaré la situación y él nunca sabrá la verdad. Ya no está enamorado de mí… no puedo volver a hacerle daño.

Intentando apartar a Phillip de su mente fue a darse un baño y, después de secarse el pelo con una toalla, se puso el vestido blanco con los botoncitos de perla. Era tan agradable sentirse limpia, estar en casa…

Celeste dio una vuelta frente al espejo, la falda del vestido le acariciaba las rodillas. Pero enseguida se detuvo.

–Ésta no es mi casa. Y voy a ser una estrella.

¿De verdad? ¿O había soñado con eso durante tanto tiempo que ya no sabía vivir de otra manera? Claro que, los sueños la habían ayudado a seguir adelante. Sólo sus sueños hacían posible que se levantase cada mañana, que pudiera soportar la angustia de cada día, que pudiera mantener la cabeza alta incluso con dos asesinos persiguiéndola.

Pero había puesto a Phillip en peligro. A lo mejor ella era la responsable de que hubiesen matado a la vaca…

¿Merecería algún día a un hombre como Phillip Westin?

Él pensaba haberla visto en sus horas más bajas el día que la encontró en aquel bar, pero no le había contado ni la mitad de lo que tuvo que soportar en las casas de acogida. Nunca le había contado a nadie que había tenido que cambiar de casa varias veces porque su nuevo «padre» había empezado a mirarla de manera inapropiada. Y eso significaba que tenía que cambiar de colegio, de ciudad…

Había ido a tantos colegios que nunca pudo tener amigos y, por supuesto, siempre iba un poco retrasada. Un año incluso suspendió el curso y eso hizo que los demás niños pensaran que era tonta.

Pero durante el primer año de instituto, un día se había pintado los labios de rojo y se había presentado a un concurso. Sólo cuando subió al escenario los demás niños empezaron a verla como alguien especial. Cuando cantaba se sentía como otra persona. Si no hubiera tenido ese don, heredado de su madre, habría dejado de creer en sí misma mucho tiempo atrás.

Pero cada vez que se recordaba en el escenario, detrás de su madre, sabía que no podía dejarlo. Era más que un sueño, era la ambición de su vida.

La semana pasó sin que se diera cuenta... y ni una sola vez Phillip había intentado besarla.

Celeste se relajó un poco, aunque estaba pendiente de él a todas horas. Incluso le habría gustado levantarse temprano por la mañana para hacerle el desayuno, pero se contenía.

La vida como ama de llaves se convirtió en una rutina. El trabajo era el mismo que en cualquier otra casa, pero tener a Phillip al lado hacía que cualquier cosa, por aburrida que fuera, resultara interesante.

Aun así, hubo un par de momentos incómodos, especialmente al principio. Por ejemplo, cuando le preguntó dónde quería dormir y, sin darse cuenta, Celeste miró hacia la puerta de su dormitorio... antes de elegir el más alejado, al otro lado del pasillo.

–Muy bien –fue lo único que dijo Phillip, con la máscara militar en su sitio.

Siendo un marine, intentaba llevar su casa como llevaría una base militar. Y quizá eso funcionaba cuando estaba solo, pero Celeste no pensaba ser el ayudante de campo del teniente coronel Westin.

La primera mañana, después de que ella se hubiera bañado y se hubiera puesto el vestido blanco, Phillip salió al porche y empezó a darle una larga lista de órdenes.

–Quiero que te levantes a la seis cero cero horas…

–Esto es una casa, no un campamento de marines. ¿Las seis cero cero horas… qué demonios significa eso?

–Las seis de la mañana –sonrió él.

–¡No lo dirás en serio! Sólo los lunáticos o los marines maníacos se levantan tan temprano.

–Bueno, tú puedes levantarte un poco más tarde, pero tengo una lista de tareas…

–¡Yo sé cómo llevar una casa! No tienes que decirme lo que tengo que hacer.

–Al menos podrías echarle un vistazo…

–¿En la academia de coroneles no te enseñaron a delegar?

–No hay ninguna academia de coroneles.

–Pues a lo mejor debería haberla.

Celeste adquirió la costumbre de desdeñar el despertador, que él ponía a las seis de la mañana. Y también por costumbre, se negaba a tener en cuenta la larga lista de tareas que Phillip dejaba para ella en la cocina. En lugar de eso, hacía lo que le parecía que tenía que hacer, que era mucho más de lo que él pensaba. Y, naturalmente, eso había provocado alguna pelea. Sobre todo la primera noche.

En cuanto se sentaron para cenar, Phillip empezó a hacerle preguntas:

–¿Has planchado mis camisas?

–¿Con este calor?

–¿Por qué no está hecha mi cama?

–Porque cuando entré en tu habitación…

Celeste no terminó la frase. No podía admitir que se había llevado la almohada a la cara para respirar su aroma, que los recuerdos de ellos dos juntos en esa cama eran de repente tan insoportables que tuvo que salir corriendo.

–Muy bien, muy bien, olvida la cama.

–Yo me olvidaré si lo haces tú –replicó ella.

Phillip tragó saliva.

–¿Y la ropa sucia?

–El cesto de la ropa sucia está en tu dormitorio.

–Ah.

–Mañana pondré la lavadora… si llevas el cesto a la cocina. Pero no sigas haciendo preguntas, no he hecho ninguna de las tonterías de tu lista. Si supieras cómo llevar una casa, sabrías que ninguna mujer puede hacer todo eso en un solo día.

–¿Qué clase de empleada eres tú?

–Seguramente tan mala como mi jefe. Un buen jefe me habría dado la enhorabuena por esta cena tan rica o por tener la casa limpia, por ejemplo. O por haber arreglado la cocina.

–Lo has escondido todo. No podía encontrar ni un tenedor…

–Eso se llama «colocar las cosas en su sitio». Pero incluso le he echado lejía a la pila, que le hacía mucha falta.

–Eso no estaba en mi lista.

–La porcelana estaba amarilla y desportillada –sonrió Celeste–. Pero ya no lo está.

–No olvides que es mi casa. Trabajas para mí –insistió él.

–No tendría que trabajar para ti si me ayudases a encontrar otro empleo.

Phillip clavó el tenedor en su berenjena y empezó a comer, en silencio.

–¿Qué tal está la berenjena a la provenzal?

–¡Berenjena! ¡Yo no como berenjenas!

–¿Y entonces por qué te la estás comiendo?

Phillip miró su plato, perplejo.

–Porque… porque estoy muerto de hambre. ¡Por eso!

–Porque te gusta –sonrió Celeste.

–Yo puse en la lista que quería comer filete con patatas…

–Pero ya te he dicho que no le he hecho ni caso a esa absurda lista tuya.

–Yo quería un filete.

–No, es malo para las arterias. ¿Es que no lo sabes?

–¿Qué?

–En este país se come demasiada carne roja. Tú seguramente comes demasiados filetes y a tu edad…

–¡Olvídate de mi edad!

–Sí, mi teniente coronel –Celeste le hizo un saludo militar.

Y Phillip estuvo a punto de devolvérselo, pero luego cerró el puño y golpeó la mesa con rabia.

–¡No has hecho ni una de las cosas que te pedí que hicieras!

–No, pero he hecho otras. Además, no soy ni ama de llaves ni cocinera. Tú no piensas en tu salud y no piensas como una mujer…

–¡Gracias a Dios!

–No tienes la menor idea de cómo hacer una lista de tareas. Escribes todas esas tonterías…

–Tú trabajas para mí –repitió Phillip–. Y yo soy un hombre.

–Y la mayoría de los hombres no tiene ni idea de cómo llevar una casa –replicó Celeste–. Pero si no te gusta, puedes despedirme.

–¿Y te irías?

–Sólo tendrías que buscar un trabajo de verdad para mí.

–No pienso hacerlo.

–Muy bien. Entonces, como pequeña concesión porque eres un cabezota, mañana tomaremos un filete.

–¿Yo soy cabezota?

–Pero no más de doscientos gramos de carne.

–Eres imposible –suspiró Phillip, disimulando una sonrisa.

–Mira quién habla.

Después de cenar, tomaron el postre: fresas con

helado de vainilla sin azúcar y bajo en calorías. Pero Phillip no protestó.

–Como no vas a despedirme… –empezó a decir Celeste, cohibida–. La verdad es que necesito dinero.

–Lo sabía.

–¿Podrías adelantarme algo de mi salario?

–¿Cuánto?

–Quinientos dólares.

La cantidad que le debía a Cole Yardley.

Phillip parecía molesto, pero no le preguntó para qué quería tanto dinero.

–Se lo debo a una persona –le confesó Celeste.

–Muy bien. Lo dejaremos así.

A la mañana siguiente fue al banco y a la oficina de correos y le envió al señor Yardley los quinientos dólares que le había prestado. No le gustaba estar en deuda con nadie.

Un mes más tarde, Phillip se había calmado un poco. Al menos, había dejado de hacer listas… seguramente porque le gustaba cómo Celeste hacía las cosas, aunque no se lo había dicho. Pero como tampoco había vuelto a aparecer ninguna vaca muerta, Celeste había dejado de temer que Nero y Pope la hubiesen encontrado.

Habiendo crecido en tantas casas de acogida sabía que había muchas maneras de llevar un hogar, pero si ella iba a ser la señora de aquella casa, tendría que hacer las cosas a su manera.

La noche anterior, Phillip había estado a punto de decir que prefería sus menús a los que él había elaborado, pero se contuvo en el último momento. Aunque ella solía servir muchas verduras y muy poca carne.

Sin embargo, cuando dejó de portarse como un ogro, aparecieron nuevas tensiones. Cuando estaban en la misma habitación, él la seguía con los ojos y Celeste sentía que se le erizaba el vello de la nuca. Se ponía colorada y le sonreía como una colegiala antes de apartar la mirada.

Para evitar tales escenas, intentaba alejarse de él en lo posible. Cuando estaba viendo la televisión en el cuarto de estar, ella se quedaba en la cocina y, si él entraba en la cocina, ella se iba al salón.

Aunque no podía dejar de mirarlo. Era tan alto, tan fuerte, tan masculino… Y su boca… esa boca sensual, deliciosa. Cada vez que recordaba sus besos sentía escalofríos.

Y por las noches, cuando no llegaba a casa a su hora normal, salía al porche para ver si veía la camioneta o miraba el teléfono, esperando que sonase, angustiada. Aunque no eran marido y mujer. Ni siquiera amantes.

Y a medida que pasaban las semanas, los dos parecían más decididos que nunca a que el otro entendiera eso. Era como si hubieran trazado una línea en la arena y retasen al otro a cruzarla.

Pero Celeste pensaba en Phillip constantemente. Incluso escribía canciones pensando en él.

Cuando terminaba sus tareas y no le quedaba

nada que hacer, iba a su dormitorio o se sentaba en el porche con su guitarra para escribir canciones. Y las mejores eran siempre sobre Phillip.

¿Cómo podía seguir allí? ¿Se había vuelto loca?

Cuando él no estaba, grababa las canciones y las enviaba por correo a su productor, Greg Furman, a Nashville. Pero Furman nunca le había contestado. Y tenía que recordarse a sí misma que sólo estaba allí temporalmente, que Phillip no era su marido, que aquélla no era su casa.

Pero pensaba en él cuando se iba a la cama y soñaba con él cuando dormía.

Cada vez que crujía el suelo del pasillo se ponía tensa, pensando que podría ser Phillip. Esperando que lo fuera, su corazón se volvía loco. Imaginaba su mano en el picaporte y empezaba a temblar de forma incontrolable. Entonces se daba cuenta de que no estaba allí y, abrazándose a sí misma, recordaba cómo era siete años antes, cuando estaban juntos, durmiendo en la misma habitación.

Aunque no hicieran el amor, siempre dormían abrazados. Y Celeste no se había sentido nunca tan protegida, tan segura.

–Oh, Phillip, Phillip, me vuelves loca… ¿qué me pasa?

Cuanto más luchaba para que no le importase, más le importaba.

Un día, cuando estaba sentada en la mecedora del porche tocando la guitarra, Phillip apareció de repente por la parte de atrás con una camisa blanca y unos vaqueros limpios.

Había aparecido tan repentinamente que la pilló cantando una canción sobre él...

–*Cuando te dejé no sabía que el camino no llevase a ninguna parte...*

–¿Celeste?

Sobresaltada, ella volvió la cabeza.

–Ah, hola, no te había visto.

–¿Esa canción es sobre mí?

Celeste no podía apartar los ojos de él. Y era la primera vez que se fijaba en algo muy curioso: alrededor de los claros iris grises tenía un círculo negro.

–Sigue cantando, me gusta. Tienes una voz muy bonita.

Avergonzada, ella siguió tocando. Para ser un hombre tan duro, tenía unos ojos de cine, pensaba.

–*Las brillantes luces me cegaban...*

Phillip parecía contener el aliento mientras la escuchaba cantar, apoyado en la pared.

–*No pude ver que la fama y la fortuna no eran nada sin ti. Sin ti, el camino no lleva a ningún sitio...*

–¿Tú has escrito eso?

–Sí.

–¿Sigues queriendo ser una estrella?

–Esta estrella se ha estrellado –intentó bromear Celeste.

–¿Qué pasó en Las Vegas? –le preguntó él, poniendo el pie en el primer escalón del porche.

–No quiero hablar de eso. Por favor, no me preguntes.

–Eres una cantante maravillosa... y escribes unas letras muy bonitas.

–Sólo he escrito una buena canción, ¿recuerdas?

–No seas tan dura contigo misma.

–Es la verdad.

–Pero no tiene por qué seguir siéndolo.

–Bueno, la cena está lista...

–Me importa un bledo la cena –la interrumpió Phillip subiendo al porche de un salto y colocándose en cuclillas frente a la mecedora–. Tú tienes talento, Celeste. ¿Vas a olvidarte de tus sueños cantando como cantas?

–No quiero hablar...

–¿Qué pasará si te olvidas de ese sueño?

–No puedo creer que me estés animando. Precisamente tú –suspiró ella, atónita–. Los marines no hablan de sueños.

–No, claro, los marines somos máquinas de matar.

–Eres miembro del equipo Alpha, el equipo que realiza las misiones más arriesgadas.

–Lo sé. Y también soy otras cosas.

–No quería decir...

–Sí querías decirlo.

–Tengo treinta y dos años –le recordó Celeste.

–Los sueños no mueren porque uno tenga cierta edad. Y treinta y dos años no son muchos años.

–La gente crece.

–¿Ah, sí?

–Se supone que debemos crecer –Celeste tragó saliva porque hablar de su música la ponía nerviosa–. Pero tú sigues siendo el marine dispuesto a servir a su país y no te importa a quién tengas que matar o si mueres en la batalla.

–Yo estoy retirado –dijo él–. Mis colegas dicen que ya he agotado todas las vidas que tenía y que debo encontrar una chica para casarme; una buena chica de las que van a la iglesia los domingos.

Su burlona sonrisa la hizo sentir un calor por dentro.

–De las que van a la iglesia, ¿eh? Pues entonces me temo que no puedo ser yo –Celeste se puso colorada–. Y es verdad, deberías hacer lo que te dicen tus amigos.

–Yo no voy mucho a la iglesia, especialmente desde que volviste a casa.

A casa. Aquélla no era su casa. ¿Por qué era tan difícil recordar eso?

–¿Qué estás diciendo, Phillip?

–Estaba preguntándome por qué has vuelto a mí.

–He vuelto a Texas –lo corrigió ella–. No he vuelto a ti.

–Tú sabías que estaba aquí. Admítelo.

De repente, Celeste empezó a frotarse los brazos como si tuviera frío.

–Es mejor que no nos engañemos –insistió Phillip. Pero ella se levantó de la mecedora, nerviosa–. Maldita sea, he intentado no mirarte…

–Yo también.

–He intentado evitarte.

–Yo también.

–Pero me consumes –le confesó él.

–No quiero hablar de eso ahora.

–Muy bien, porque yo tampoco quiero hablar –Phillip la sujetó del brazo cuando iba a entrar en la casa–. Por las noches no puedo dormir.

Tampoco Celeste, aunque no pensaba admitirlo.

–No, por favor…

–Sigo deseándote –murmuró él, pasando las duras palmas de las manos por la suave piel de sus brazos.

–Phillip, yo…

–¿Por qué escribes canciones sobre mí si me has olvidado?

–Esa canción no era sobre ti.

–Ya, claro –se rió Phillip, irónico–. Nunca has sabido mentir, Celeste. Y ésa es una de las cosas que más me gustan de ti. Antes me lo contabas todo. Me hablabas de esas casas de acogida en las que viviste, de lo que sentías en el escenario con tu madre cuando eras pequeña. Y yo quería hacerte sentir que te quería. Lo intenté todo…

–Lo sé, sé que lo hiciste. Y me sentía querida.

Él dejó escapar un suspiro.

–Hasta que te fuiste –añadió Celeste.

La había hecho sentirse tan querida, tan segura, tan feliz… Pero luego recibió esa llamada de teléfono en medio de la noche diciéndole que tenía que ir a algún sitio de Oriente Medio… y poco después dos militares fueron a decirle que estaba «desaparecido en combate».

Pero todo eso había sido mucho tiempo atrás.

¿Por qué sus sentimientos por él seguían siendo tan intensos? ¿Por qué?

–Sólo un beso –insistió él, en voz baja–. ¿Es tanto pedir? Sólo para ver si sabes igual que antes. Tengo que saberlo…

–Tal vez sea mejor no saberlo.

Pero cuando Phillip se acercó a ella con un brillo fiero en los ojos, Celeste no se apartó. Y tampoco cuando empezó a acariciar su pelo. Estaba temblando y él, encendido de deseo.

Phillip bajó la cabeza para besar su frente y Celeste, sin pensar, hundió la cara en su cuello y lo besó donde le latía el pulso. Él echó la cabeza hacia atrás. Sus ojos grises brillaban de deseo.

Sus bocas se encontraron de nuevo, sus lenguas se buscaron. Phillip dejó escapar un gruñido mientras la aplastaba contra su torso y ella lo sintió, duro y firme, sobre su muslo.

Quería desabrochar la hebilla de su cinturón, bajar la cremallera de los vaqueros y… con cada beso, el ansia crecía hasta que ninguno de los dos era capaz de respirar.

«Esto es lo que quiero», pensó. «Lo que he querido cada noche. A ti».

–Oh, Phillip…

–Sigues sabiendo igual –murmuró él, con voz ronca.

–Tú también.

–Ponme las piernas en la cintura.

–¿Aquí, en el porche?

–¿Por qué no? No puede vernos nadie.

–Espera... a lo mejor aún no me he cansado de besarte.

–¿Quieres más besos?

–Unos pocos más –sonrió Celeste, mirando sus labios.

Oh, esa boca. Esa preciosa boca.

Phillip se apoderó de la suya otra vez, como si también él estuviera hambriento de sus besos. Pero pronto los besos se volvieron más urgentes y Celeste jadeaba de placer, aunque sus sentimientos la aterrorizaban.

–No –murmuró–. No podemos...

–Ponme las piernas en la cintura como solías hacer...

–Ahora sólo soy tu ama de llaves.

–Pero te mereces un ascenso. Y tengo en mente un trabajo para el que estás más que cualificada.

–Oh, Phillip... tenemos que parar. De verdad.

–¿De verdad? –murmuró él, mientras sus ojos viajaban de su boca a sus pechos, a su vientre y más abajo...

–Si dejamos que esto se nos escape de las manos, terminaremos haciéndonos daño el uno al otro.

Phillip no dijo nada, de modo que era ella quien debía apartarse.

–Encuentra una buena chica, una que vaya a la iglesia los domingos –insistió–. Yo no soy esa chica y los dos lo sabemos.

–¿Estás segura? –murmuró Phillip, tomándola por la cintura.

A Celeste le gustaba estar entre sus brazos, le gustaba demasiado.

–Lo hemos intentado antes, pero no funcionó. A mí me gustaba el sonido de la guitarra y el brillo de las luces y a ti te gustaba el sonido de las balas.

–No, ya no. Ahora sé lo que quiero y no es ni la guerra ni la muerte. ¿Pero qué quieres tú, Celeste? Has vuelto a casa, a mí. ¿Por qué?

–Lo dices como si significara algo, pero no es así. Ésta no es mi casa, Phillip.

–Pero podría serlo. Podrías quedarte y componer canciones.

–¿Tú crees? –Celeste miró la guitarra, que descansaba sobre la mecedora–. Sí, siempre escribiré canciones, no puedo evitarlo.

La idea de componer canciones y tenerlo a él era maravillosa. ¿Pero cómo? Él había dicho que los sueños no morían y tenía razón; los suyos no habían muerto. ¿Pero no era ése el problema entre los dos?

Además, no podía confiar en sí misma. Una parte de ella siempre querría irse para hacer realidad sus sueños. No podía contener lo que sentía por él, pero llevaba la música en el alma. Y, sin embargo, era como si Phillip hubiese reclamado una parte de ella para siempre, como si nunca pudiera volver a ser libre.

Si dejaba que aquello siguiera adelante, se enamoraría otra vez y algún día tendría que elegir.

Pero lo deseaba tanto que le dolía. Y le encantaba la soledad de aquel rancho…

Quizá fuera verdad que Phillip estaba cansado de la guerra. Y ella, definitivamente, estaba cansada de apartamentos baratos con muebles que no eran suyos. Se estaba bien allí y Phillip la hacía sentirse preciosa, especial.

¿Pero era eso suficiente para una chica como ella? ¿No se entrometería su sueño siempre entre los dos? ¿No la atraerían las luces brillantes como había ocurrido siempre?

Confusa y sola como estaba, sería demasiado fácil dejarse llevar, vivir bajo su protección hasta que tuviera dinero suficiente para intentarlo otra vez. Pero lo deseaba. Oh, cómo lo deseaba.

En aquel momento lo deseaba más de lo que lo había deseado nunca, más de lo que deseaba ser una estrella. Pero cuando Phillip intentó besarla otra vez, Celeste negó con la cabeza y, acercándose a la mecedora, volvió a tomar la guitarra.

—*Sin ti el camino no lleva a ningún sitio…*

—¿Así es como va a ser?

—Así es como tiene que ser —dijo ella.

—A lo mejor los dos hemos tomado un camino que no lleva a ningún sitio —replicó Phillip, furioso por su rechazo—. ¿Crees que soy de piedra, Celeste? ¿Que soy una máquina de matar sin sangre en las venas?

—No he querido decir eso y tú lo sabes.

—Eres tan preciosa, tan dulce… ¡Aléjate de mí, Celeste! ¿Me oyes?

Luego entró en la casa y dio un portazo tan fuerte que temblaron hasta los cimientos.

—¡Eso es lo que estoy intentando hacer!

Sola en el porche, se sintió desolada.

–Yo… no quería hacerte daño. Eso es lo último que deseaba –murmuró–. ¿Por qué siempre terminamos haciéndonos daño el uno al otro?

Sujetando la guitarra contra su pecho, Celeste inclinó la cabeza para contener las lágrimas.

Capítulo Cuatro

Phillip encendió el aire acondicionado de la cocina para ahogar la voz de Celeste y, después de servirse un vaso de whisky, se lo tomó de un trago... haciendo una mueca cuando le quemó la garganta.

La lucecita del contestador estaba encendida y, agradeciendo la distracción, pulsó el botón para escuchar los mensajes. Justin Wainwright, el comisario de Mission Creek, estaba investigando el asunto de la vaca que tanto había asustado a Celeste.

–Me temo que no puedo decir que haya sido ese tal González del que me hablaste, aunque el FBI se ha tomado el asunto muy en serio. Los federales van a enviar un agente para comprobar tu teoría de que González está sacando armas de Mission Creek...

Phillip apagó el contestador y se acercó a la ventana que daba al porche para mirar a Celeste. Al ver su cabeza rubia inclinada sobre la guitarra se dio cuenta de que estaba llorando mientras cantaba para sí misma y se le encogió el corazón. Él la había hecho llorar porque era frío y cruel.

Pero era un loco por pensar en ello, se dijo. Furioso tanto con Celeste como consigo mismo, intentó controlar sus sentimientos como solía hacer antes del combate. Nunca tardaba mucho en conseguirlo. En menos de cinco minutos dejaba de ser humano. Las lágrimas no le importaban, nada importaba salvo lograr su objetivo.

Y era lo mejor, porque no podía pasar otra noche con ella en casa sin hacerla suya.

Cenaron casi en silencio, aunque ella intentaba entablar conversación y él murmuraba las respuestas apropiadas. ¿Por qué tenían que hablar las mujeres cuando lo único que uno quería era romper muebles o arrancar el suelo de roble con un martillo?

Celeste le preguntó si no le gustaba la cena.

¿Cómo demonios iba a saberlo si no podía saborear nada que no fuese ella? A lo mejor el filete era estupendo, pero le sabía a cartón. Estaba encerrándose en sí mismo porque eso era lo único que podía hacer para controlar las emociones. Había aprendido que, si lo hacía antes de un combate, el miedo no podía apoderarse de él. En lugar de volverse loco o quedarse paralizado de terror, se volvía inhumano.

—No deberíamos habernos besado —dijo Celeste.

—Yo no me lo habría perdido por nada del mundo —replicó Phillip.

Ella bajó la mirada y no volvió a decir nada más. Mejor. De ese modo, su rechazo le dolía menos.

A Phillip no se le daba bien soportar un rechazo.

Los marines tenían una norma: no dejar a nadie atrás. Y esa norma era la razón por la que se había convertido en marine.

A él lo habían dejado atrás durante toda su vida.

Su madre, una mujer rica, no lo había querido nunca. Él había sido un simple accidente, el único hijo de la bella Kathryn Westin, un niño enorme que pesó casi cinco kilos al nacer. Y ella, que nunca le había perdonado por hacerla perder su figura, lo envió a una academia militar en Harlingen, Texas, en cuanto tuvo edad.

Los otros chicos se marchaban a casa en verano, pero Phillip no. A él lo enviaban a un campamento cerca de Hunt, Texas, que tenía un río de aguas de color esmeralda. Y en Navidad se iba a casa de sus abuelas, que eran buenas con él... a su manera. Pero nunca estuvo muy apegado a ellas. Apenas veía a su madre y Kathryn ni siquiera se había molestado en ir a su graduación en el instituto o en la universidad.

Celeste se levantó para llevar los platos al fregadero y eso lo devolvió al presente. Aunque sabía que era real, no algo creado por su imaginación, se sentía como en un sueño. Como si ella no estuviera allí de verdad. Como si nada pudiese tocarlo o hacerle daño.

–¿Estás bien? –murmuró Celeste.

–¿Por qué?

–Porque tienes una expresión muy rara.

–Voy a dar un paseo. No me esperes despierta.

Como si pudiera no hacerlo.

–Ah, por cierto, el comisario Wainwright llamó por lo de la vaca…

–Lo sé –Phillip cerró de un portazo antes de salir al porche.

De nuevo lo rechazaban. Nadie lo había querido salvo los marines. Ellos eran su familia. Ellos habían sido suficiente. Hasta que apareció Celeste. Y, ahora que había vuelto, quería más.

Pero tenía que controlarse.

«Enciérrate en ti mismo».

Cuando volvió una hora después, Celeste estaba en el salón viendo una película romántica que llevaba por título *Cuando Harry encontró a Sally*. Sentada en el sofá, estaba comiendo palomitas de maíz. El pelo rubio le caía por la espalda y parecía un ángel.

–¿Quieres? –le preguntó, ofreciéndole el cuenco de palomitas.

Phillip tomó un puñado y, cuando sus manos se rozaron, no fue una sorpresa que sintiera un estremecimiento.

«Enciérrate en ti mismo».

Pero cuando sus ojos se encontraron, se sintió atraído por ella como por un imán. Por mucho que intentase ignorar la atracción que sentía por Celeste, estaba enamorándose otra vez y no podía seguir negándolo. Verla en su sofá, con el pelo dorado enmarcando su cara, hacía que su corazón se desbocase.

–Es una película estupenda.

–No la he visto.

–¿Porque prefieres las películas de guerra?

–Prefiero las películas que no son sentimentales.

–Siéntate y mira ésta. Es mi favorita. Meg está en un restaurante…

Sí, Meg Ryan estaba en un restaurante demostrándole a Billy Crystal que las mujeres podían fingir un orgasmo. Y lo hacía muy bien. Tan bien que Phillip tuvo que tragar saliva viéndola echar la cabeza hacia atrás, golpeando la mesa con la mano…

Esa escena hizo que desease a Celeste aún más. Deseaba ver su cara cuando llegase al orgasmo…

Suspirando, se sentó a su lado en el sofá y ella se alejó todo lo posible mientras Meg Ryan se retorcía y gemía en la pantalla.

Estaban viendo la película juntos y cada escena, cada diálogo entre los amigos–amantes, lo hacía desearla más y más.

«Enciérrate en ti mismo».

Pero no podía hacerlo.

Cuando terminó la película, Celeste parecía a punto de ponerse a llorar.

–¿Qué pasa? –le preguntó.

–Que al final acaban juntos.

–Es un final feliz. Las películas siempre tienen un final feliz y tú deberías alegrarte.

–Sí, estoy alegre –murmuró ella, ocultando las lágrimas.

Phillip no podía soportar que llorase, aunque

fuera por una tonta película. Y le gustaría tomarla entre sus brazos.

«No lo hagas. Ella no quiere que la toques, te rechazará».

Pero, por fin, tomó su mano, intentando no darse cuenta de lo suave que era.

–Si esos dos han podido enamorarse, puede enamorarse cualquiera.

«¿Qué demonios estás haciendo, Westin?».

–¿Incluso nosotros? –susurró Celeste.

–A lo mejor es que fue demasiado fácil la primera vez.

–¿Amor a primera vista?

–Estabas cantando con ese vestido ajustado, todos los hombres del bar te miraban…

–Por favor, ese vestido tan horrible.

–No era horrible, era muy sexy.

–Tú te acercaste después de la pelea y me preguntaste si podías llevarme a casa. Eras tan educado… incluso en ese bar de mala muerte.

–Y tú me limpiaste la sangre de la ceja con una servilleta y dijiste que sí… tan dulce, tan tierna.

–Sí –susurró Celeste, tocando la herida de su mejilla–. No llevabas el cinturón de seguridad, ¿eh? ¿Qué pasó en realidad?

–Mejor no te lo cuento –suspiró él.

–¿Alguna guerra absurda?

–¿No podemos empezar otra vez?

¿Qué demonios estaba haciendo? Tenía que encerrarse en sí mismo, no al contrario.

–¿Te refieres al sexo?

–El sexo estaría bien.

–¿Me odiarías por la mañana como Billy Crystal…?

–La última vez yo no salí corriendo, ¿no?

Celeste se mordió los labios.

–Yo habría vuelto, pero tú no me dejaste.

Habría vuelto. ¿Sería verdad? Había sido demasiado orgulloso como para ir a buscarla.

–Si te habías ido para buscar fama y fortuna, ¿por qué ibas a volver conmigo?

–Porque a lo mejor eso no era suficiente. Pensé que irías a buscarme, Phillip.

–¿Qué estás haciendo aquí, Celeste? Podrías haber ido a cualquier otro sitio… ¿por qué aquí?

Como siempre, esa pregunta hacía que se pusiera pálida. Y que se negase a contestar despertaba las sospechas de Phillip. ¿Por qué estaba tan seguro de que su regreso allí significaba algo? ¿Por qué quería creer que había vuelto por él?

Si estaba equivocado, ¿por qué había ido a Mission Creek? Si había otra razón, ¿por qué no se la contaba?

–Siempre te he llevado en el corazón, Phillip. Tienes que creerme.

–Esa maldita canción tuya… me vuelve loco.

–¿La has escuchado?

–Un millón de veces. Tengo el CD y solía escucharla mientras me bebía una botella de whisky. Sólo así me sentía cerca de ti.

–La escribí para ti. Pero supongo que eso ya lo sabes.

–Sí –Phillip tiró de ella y, para su sorpresa, Celeste le echó los brazos al cuello–. ¿Estás segura?

–¿Te refieres a irnos a la cama?

–Sí –murmuró él, pasando una mano por su pelo. Pero incluso ese breve contacto podía hacer que se le encogiera el estómago.

–No estoy segura, pero vamos a hacerlo de todas formas.

Sin decir nada, Phillip la tomó en brazos para llevarla al dormitorio y cerró la puerta con el pie.

–Mañana puedes levantarte todo lo tarde que quieras –le dijo, mientras la dejaba con suavidad sobre la cama.

–¿No más «seis cero cero» horas? ¿No vas a dejarme una lista de cosas que hacer sobre la almohada?

–No, de las listas te encargas tú.

–Ah, entonces he ganado otra batalla. Y la noche es joven… aún no he empezado.

–Tienes unos métodos muy peculiares, pero serías un buen marine.

–Yo gano batallas en el frente doméstico, así que ten cuidado. Cuando despertemos mañana, esta base va a tener un nuevo comandante.

–¿Tan buena te crees?

–Sé que nosotros somos así de buenos.

Y lo eran. Con manos temblorosas, Celeste le desabrochó los botones de la camisa y le bajó la cremallera del pantalón.

–Oh, Phillip, qué bien hueles…

Olía a hombre.

Cuando los vaqueros estaban en el suelo, Phillip empezó a desnudarla.

Seguía siendo tan preciosa como la recordaba: pechos generosos, pezones rosados, cintura estrecha... y su piel olía a flores. Poniéndose de rodillas delante de ella, pasó las manos por su cuerpo como un ciego.

Era como una escultura, pensaba. Ninguna obra de arte era más hermosa que Celeste.

Como siempre, aquella parte del amor era fácil para ellos. Se encendían con el más simple roce, cada uno recordando exactamente cómo darle placer al otro. Y Phillip le hizo el amor tan despacio como pudo, considerando que estaba a punto de explotar.

¿Cómo si no iba a demostrarle cuánto la adoraba? Celeste se arqueaba hacia él y su fiera y apasionada respuesta lo enardecía aún más. Lo besaba en el cuello, en la garganta, en el pecho mientras él se movía adentro y afuera.

—Sólo tú, Phillip, sólo tú...

—Llevo siete años deseando esto. ¿Por qué has esperado tanto para volver a mí?

—¿Por qué no fuiste a buscarme?

No podía hablarle de las veces que se había escapado de la academia militar para ver a su madre. De una de esas veces en concreto. Cuando vio los coches en la puerta, supo que había organizado una fiesta y estaba tan guapa con su vestido de lentejuelas que se echó en sus brazos. Pero su madre no lo abrazó.

–Tienes las manos sucias, Phillip. ¿No te acuerdas de que no puedes tocar a mamá con las manos sucias?

Y luego, sencillamente, había levantado el teléfono para llamar al capitán que estaba a cargo de la academia para que fuese a buscarlo.

Pero no debía recordar esas cosas, se dijo.

–Fuiste tú quien se marchó, Celeste –le recordó.

–Pero tú no fuiste a buscarme...

–No sabía si querías que lo hiciera.

–Pues sí quería.

¿Sería cierto? ¿De verdad había querido que fuera a buscarla? ¿Lo había querido durante esos siete años, durante todo el tiempo que él se había sentido rechazado?

Emocionado por tales pensamientos, empujó con fuerza. Estar dentro de ella era exactamente como lo recordaba. Celeste lo completaba como nadie más podía hacerlo.

Aquél era su sitio, con ella, dentro de ella. Pero se obligó a sí mismo a ir más despacio. Quería que durase, pero Celeste parecía tener prisa porque, sujetándolo por la cintura, se arqueó hacia él.

–Ahora, Phillip, ahora, no puedo esperar...

A la mañana siguiente, la luz del sol que entraba a través de las cortinas del dormitorio de Phillip despertó a Celeste. Pero estaba sola.

Las hojas de los árboles se movían con la brisa y podía oír el trino de los pájaros. No había ruido de tráfico y sonrió, abrazándose a sí misma. La tranquilidad del campo era tan diferente del estruendo de Las Vegas...

Poco después se levantó y asomó la cabeza por la ventana para disfrutar del aire fresco. Mission Creek no era un sitio tan horrible después de todo, incluso para una chica que quería ser una estrella. Si tenía a Phillip a su lado, claro.

Phillip había sido tan tierno, tan dulce, por la noche... Y aquella mañana se sentía como una mujer enamorada. La angustia que había sentido siete años antes, su ardiente deseo de ser una estrella, todo eso había desaparecido por el momento.

Esos siete años habían estado llenos de soledad, de decepciones, de penas. Por el momento, estar con Phillip era suficiente y sentía una paz que no había sentido en mucho tiempo.

¿Dónde estaba Phillip, por cierto? Podía ver su guitarra donde la había dejado, en el porche...

Qué curioso. Aquella mañana podía mirar su guitarra y no sentir nada especial. Lo único que quería era que Phillip entrase en la habitación y le sonriera. ¿Qué significaba eso?

El sonido del teléfono interrumpió sus pensamientos. Al principio no contestó porque las llamadas eran siempre para Phillip y, además, no le apetecía hablar con nadie.

Pero, por fin, como el teléfono no dejaba de sonar, decidió contestar:

–¿Sí?

–¡Cariño!

Al otro lado de la línea oía suspiros y jadeos y un montón de sirenas de alarma empezaron a sonar en su cabeza. No podía ser…

–¿Johnny?

–Soy yo, cariño. Por fin te encuentro.

Celeste sujetó el auricular con las dos manos, nerviosa.

–¿Qué quieres? ¿Cómo me has encontrado?

–Tenemos un contrato.

–¡Rómpelo! No quiero saber nada de ti en toda mi vida. ¿Lo entiendes?

–Oh, no, no, no… –lo oyó gemir entonces.

Y luego empezó a oír golpes.

–¿Qué es eso? Suena como si te estuvieran tirando la puerta abajo.

–¡Están en la puerta! –exclamó Johnny–. Te llamo después…

–No, no vuelvas a… ¡Johnny!

–No, no soy Johnny, soy Nero. ¿Te acuerdas de mí?

Celeste empezó a temblar.

–¿Qué quieres?

–No puedes esconderte para siempre, guapa.

–¡No se te ocurra aparecer por aquí! –gritó ella, antes de colgar.

Tenía que contárselo a Phillip. ¿Pero cómo iba a hacerlo? Nerviosa, empezó a pasear por la cocina. Phillip no entendería lo de Johnny, no entendería nada de aquello. ¿La creería si le dijera la verdad? Phillip era un marine, el honor era importante para él…

¿Por qué había sido tan tonta? Johnny había sido un desastre de principio a fin, pero le hacía promesas que mantenían su sueño con vida.

¿Les diría Johnny a esos dos matones dónde estaba? ¿Podrían encontrarla por su cuenta?

Sí, Johnny se lo diría. Y aunque no lo hiciera, sólo con volver a marcar descubrirían cuál era su número de teléfono y entonces...

Tenía que contárselo a Phillip. Él había querido saber desde el principio por qué había ido allí precisamente y tenía que decírselo. Pero Phillip creía en vivir siguiendo ciertas reglas, era tan severo...

Con voz asustada empezó a canturrear y en cuanto lo hizo se sintió más fuerte, lo suficiente como para apartar de su mente la amenaza de Nero.

Poco después oyó la camioneta de Phillip acercándose a la casa y pensó que debía ponerse un vestido bonito. Phillip estaba en casa. Su Phillip...

Sacó un vestido rosa del armario, pero cuando iba a ponérselo, lo oyó gritar:

—¡Estoy en casa!

—¡Y yo estoy aquí! —respondió Celeste, metiéndose en la cama a toda prisa.

Cuando Phillip entró en la habitación, el vestido rosa estaba tirado sobre una silla.

—¿Seguías durmiendo a estas horas?

—Estaba agotada. Eres un amante maravilloso.

—Ésa es una queja que no me importa escuchar.

Cuando se sentó al borde de la cama, Celeste le echó los brazos al cuello para besarlo.

–¿Y ese beso tan apasionado?

–Sólo quería comprobar si estabas de humor –sonrió ella. Phillip se quitó la camisa y las botas a una velocidad de vértigo–. Ah, parece que sí estás de humor.

–Contigo siempre, cariño.

Capítulo Cinco

Celeste se estiró perezosamente, apretándose contra el cuerpo de Phillip. Se sentía feliz, sin una sola preocupación en el mundo. Envuelta en su masculino aroma era como estar en el cielo.

—Me gustaría quedarme aquí para siempre.

—¿Puedo cerrar la ventana? —preguntó Phillip, pateando la sábana—. Aquí hace mucho calor.

—Pobrecito —sonrió Celeste, acariciando el vello oscuro que cubría su pecho.

—¿No puedo encender el aire acondicionado?

—No, hace mucho ruido.

—¿Y tampoco puedo poner el ventilador?

Era más de medianoche. Bañados por la luz de la luna, los dos amantes estaban despiertos sobre las sábanas arrugadas, saciados después de hacer el amor durante horas. O, al menos, ella lo estaba.

—El ventilador hace tanto ruido que no podemos oír a los grillos.

—Mira cómo me has dejado. Estoy hecho polvo —se rió Phillip—. Parece que llevo una semana en la cama.

—Es que llevamos casi una semana en la cama.

–Se me acumulan las tareas, Celeste. Tengo que ir a comprar pienso y…

–Oye, tú hablas mucho.

–Tengo que alquilar un bulldozer para limpiar los pastos del norte.

–Eso puede esperar.

Phillip dejó escapar un suspiro.

–A lo mejor si lloviera… Pero tengo un montón de terneros a los que dar de comer y llevo una semana en la cama.

–Seis días –lo corrigió ella–. No una semana entera.

–Y seis noches. No olvides las seis noches.

–Y la número seis no ha terminado todavía –se rió ella.

–Sí, se ha terminado. No puedo dejar de pensar en esos terneros hambrientos y en preparar los pastos.

–Deja de pensar en ellos –lo interrumpió Celeste, con el corazón lleno de amor–. Hemos hecho lo mismo que hicimos la primera vez. ¿Nuestro amor a segunda vista ya se ha terminado?

Phillip se colocó de lado y le acarició el pelo.

–Tengo cosas que hacer, cariño.

Celeste pensó en Las Vegas, en Johnny y en los matones. El terror la había hecho volver con Phillip, pero algo más podría retenerla allí. A pesar de la vaca muerta y de la llamada de Johnny se sentía segura y querida a su lado. Era como si hubiera recuperado una pieza perdida de su vida.

–Pero mañana nos levantaremos temprano –insistió él–. Y vamos a portarnos como seres sensatos y a ponernos a trabajar…

–Oh, no. El final de la luna de miel.

–Tú vas a limpiar la casa y yo voy a hacer todo lo que tengo que hacer.

–¿A las seis cero cero horas? –bromeó Celeste.

–Tú puedes dormir hasta la hora que quieras –se rió Phillip, apretándola contra su pecho–. ¿Te he dicho que mañana por la noche hay un baile en el club Lone Star?

Celeste recordaba lo que la camarera del café, Mabel, había dicho sobre sus «amigas» del club.

–No tengo nada que ponerme.

–Pues entonces tendremos que ir a comprarte algo.

¿Y si alguien la reconocía como Stella Lamour?, se preguntó. Al recordar la voz de Nero al teléfono, Celeste se echó a temblar. ¿Y si Nero y Pope descubrían su paradero? ¿Y si tenían espías en Mission Creek?

–No, no creo que vaya.

–¿Por qué no?

–Preferiría una séptima noche en la cama.

–Eso podemos hacerlo después del baile. También quiero celebrar con mis amigos que hemos vuelto a estar juntos.

–¿Eso es lo que hemos estado haciendo, celebrarlo?

–¿Sigues teniendo dudas?

–Sé que en la cama no tenemos ningún problema, Phillip. Esa parte es como un cuento de hadas.

¿Pero y lo demás? ¿De verdad crees que una relación así puede durar?

–¿Por qué no? –él se encogió de hombros–. A lo mejor lo único que tenemos que hacer es decidir qué queremos.

–Pero una chica como yo y un hombre como tú… –Celeste tragó saliva–. Tú vienes de una familia rica, yo no tengo familia.

–Me tienes a mí.

–Pero…

–Vamos paso a paso, Celeste. Dime qué piensas, qué quieres de verdad y yo intentaré dártelo.

¿Lo haría? ¿Y sus sueños de ser una estrella? ¿Por qué llevar su relación a otro nivel la asustaba tanto? ¿De qué tenía miedo?

–He perdido todo lo que amaba.

–Yo también. Pero nunca he querido a nadie como te quiero a ti.

–No quiero hacerte daño.

–Celeste, un sargento de los marines me dijo una vez que podría ser todo lo que yo quisiera. Lo extraño es que lo creí y eso ha sido fundamental en mi vida –Phillip empezó a jugar con su pelo–. Así que te daré el mismo consejo: cree en ti misma.

–Se supone que deberías sentar la cabeza con una buena chica de las que van a la iglesia los domingos.

–No, imposible. Ya me parecía una idea estúpida antes de que volvieras a casa.

–A casa –repitió ella.

Celeste levantó la cabeza de la almohada y lo miró a los ojos, memorizando inconscientemente su aspecto sudoroso, viril y sexy después de hacer el amor.

¿Su casa? ¿Era ella la mujer adecuada para él? ¿Era Phillip el hombre de su vida? Si era así, ¿por qué tenía miedo?

Había tantas cosas que aún no había superado en su vida: sus sueños de niña, la muerte de su madre, los hombres que la habían perseguido y seguían persiguiéndola... Aunque en ese caso podría ser mucho más peligroso.

Ir con él al club los haría parecer una pareja de verdad. ¿Lo eran? ¿Sería tan sencillo? ¿Estaba preparada para eso?

–Todos los chicos estarán allí –dijo Phillip entonces.

–¿Tus amigos, los marines?

–Ricky Mercado y su cuñado, Luke, y varios de los hombres que servían en mi unidad.

–Me acuerdo de Ricky. Alto, moreno, guapo... ¿es ése?

–Sí, supongo. ¿No me digas que te gusta Ricky?

–No, tonto, ni siquiera me acuerdo de él. La mayoría de tus compañeros eran altos y morenos –sonrió Celeste–. Pero me parece demasiado pronto para ver a tus amigos.

–¿Por qué?

–Porque tendremos que explicarles qué hago aquí.

–Yo me siento orgulloso de ti y quiero ir contigo

para que mis amigos se pongan celosos –dijo Phillip, acariciándole la nuca–. Nuestra relación es algo muy serio para mí.

El corazón de Celeste empezó a latir como un tambor.

–¿Y si alguien me reconoce como Stella Lamour?

–Nadie te reconocerá. Y si lo hacen, yo estoy muy orgulloso de tu CD. Muy orgulloso de que trabajases tanto para hacer realidad tu sueño.

«Pero tú no sabes la verdad, no sabes nada de Johnny ni de Nero y Pope».

–¿De verdad?

–Mucho.

«No lo estarías si supieras que la única razón por la que vine aquí fue para usarte como escudo humano contra dos asesinos».

Celeste se mordió los labios. Estaba utilizándolo y le debía la verdad. Pero la verdad destrozaría su felicidad y ella había tenido tan poca en la vida…

–Muy bien. Iré contigo al club.

Phillip le dio un beso en la frente.

–¿Puedo encender el ventilador ahora?

–Sí, claro.

Después de cerrar la ventana y encender el ventilador, Phillip volvió a la cama y la abrazó, sonriendo. Se quedó dormido casi inmediatamente, pero ella permaneció despierta, preguntándose qué debía hacer.

Aquella semana había sido mágica y Phillip le había robado el corazón.

Estaba enamorada de él.

No había querido volver a enamorarse, pero así era. Y no quería arruinar esa nueva relación contándole que dos matones de Las Vegas la perseguían. Pero si iban hasta Mission Creek, ¿cómo iba a convencer a Phillip de que Johnny les había mentido sobre el dinero?

¿Cómo iba a convencerlo de que era una persona honrada?

Lo único que había conseguido yendo a Mission Creek era poner en peligro a Phillip, y quizá su ganado y su rancho…

Pero decía estar orgulloso de ella y eso la hacía sentirse como alguien especial. Y no estaba dispuesta a dejar que cambiase de opinión. Aún no. Su relación era demasiado nueva y frágil como para ponerla en peligro.

–¿Quieres bailar?

–Sí –sonrió Celeste.

Cualquier cosa para escapar de la tensión que había en la mesa. Se había puesto nerviosa en cuanto llegó al club, que era una preciosa mansión de más de cien años rodeada por un hermoso jardín.

–Perdonadnos –sonrió Phillip, mientras apartaba su silla.

Celeste sonrió a sus amigos, pero la sonrisa le salió falsa. Y cuando todos los hombres se volvieron para mirarla, Phillip soltó una palabrota.

–¿Tienes que ser tan sexy?

Ella soltó una carcajada.

Se había puesto un vestido rojo que se pegaba a su cuerpo como una segunda piel y había alisado su pelo rubio durante horas porque tenía miedo de las «amigas» de Phillip.

–Relájate –dijo él–. Tú eres la más guapa y la única para mí.

–¿De verdad?

–De verdad.

–¿Mi vestido no es demasiado escandaloso?

–Estás sensacional.

Celeste odiaba sentirse tan insegura. Pero quería y necesitaba que Phillip le dijera esas cosas una y otra vez.

Ramos de rosas de tallo largo adornaban las mesas del elegante club Lone Star. Habían quedado para cenar con los amigos de Phillip, sus compañeros de la Unidad 14: Flynt Carson, un ganadero de la zona, Spence Harrison, el antiguo fiscal general del distrito, Tyler Murdoch, un experto en bombas, Ricky Mercado y Luke Callaghan, el cuñado de Ricky.

Al contrario que ella, Phillip parecía absolutamente relajado en ese ambiente. Celeste sabía que no era millonario, pero tenía la paga de marine y había heredado el rancho de su tío. Comparado con ella, era un hombre acomodado.

Algunos de los chicos estaban casados, pero aquel fin de semana sus mujeres se habían ido a San Antonio de compras. Ricky Mercado, la oveja negra del grupo porque su familia tenía conexiones con la mafia, llegó más tarde que los demás y parecía haber bebido demasiado.

–¿Te he dicho lo guapa que estás? –sonrió Phillip, apretando su cintura.

–Sí.

–Y los demás también. Demasiadas veces, en mi opinión. Sobre todo Mercado.

–Es lo único agradable que ha dicho en toda la noche.

–Estás guapísima, tanto como Stella.

–Tú tampoco estás mal. Pero hay tantas chicas guapas y elegantes aquí… ¿Has salido con alguna de ellas?

–Con alguna –Phillip arrugó el ceño.

–¿Cuántas?

Él le levantó la barbilla con un dedo.

–Ninguna de ellas se parecía a ti. Tú eres diferente.

Celeste apoyó la cara en su pecho.

–Seguro que a ellas les decías lo mismo.

–Te estoy diciendo la verdad, cariño. Me da igual quién seas o con quién hayas estado porque te necesito. Sólo a ti. No sé por qué, pero sólo tú me haces feliz. Eres maravillosa… por no hablar de las cosas que se te ocurren en la cama.

–Pues tengo pensado algo nuevo para esta noche –le susurró ella al oído.

–Lo recordaré –se rió Phillip.

Celeste se dio cuenta entonces de que los amigos de Phillip estaban discutiendo. Y sus voces sonaban cada vez más airadas.

–Parece que están enfadados…

–No te preocupes por ellos, piensa sólo en mí.

–Yo sólo pienso en ti. Pero debería haberme puesto algo más discreto…

–No tienes nada de qué avergonzarte, Celeste. Eres tan elegante como cualquiera de las mujeres que están aquí.

¿Creería eso cuando descubriera que unos matones de Las Vegas le seguían el rastro? ¿Y si habían sido ellos los que mataron a la vaca?

Pero pronto Celeste se olvidó de Nero y Pope y se rindió a la música y al calor del cuerpo de Phillip. Aunque no estaban bailando en realidad, más bien se apretaban el uno contra el otro, mientras sus cuerpos se movían a un ritmo que parecían marcar ellos dos.

Todas las mujeres miraban a Phillip y era lógico. Él no era delgado y elegante como otros hombres del club… no, Phillip era demasiado robusto. Pero con aquel traje oscuro estaba para comérselo.

¿Qué mujer no lo desearía? ¿Y por qué había tenido ella que elegir un vestido tan llamativo, cuando las otras mujeres iban vestidas de manera más conservadora?, se preguntó. La próxima vez se pondría un vestido negro… de manga larga.

Si había una próxima vez.

–Creo que esto es un vals –dijo Celeste, nerviosa, porque los otros hombres no estaban aplastando a sus novias o esposas contra su pecho–. Un, dos, tres. Un, dos, tres…

–Me da igual qué clase de música sea mientras te tenga en mis brazos –se rió Phillip.

–Para hacer esto podríamos habernos quedado en casa.

–En casa no habríamos hecho sólo esto.

Había algo muy erótico en estar vestidos y tener que contener su pasión. Cualquiera que los viese tenía que saber que lo que de verdad querían era desnudarse a toda prisa el uno al otro.

Pero debía ser juiciosa.

–¿Por qué a los otros no les cae bien Mercado?

–Es una larga historia –suspiró Phillip–. Y Mercado no tiene nada que ocultar.

–Pero los otros...

–Pronto descubrirán que tengo razón, ya lo verás.

Pero cuando volvieron a la mesa, Ricky, que parecía más enfadado que antes, se levantó de golpe.

–¿Llamas a eso bailar un vals, amigo?

–Relájate –dijo Luke.

Antes de que pudiera sentarse, Ricky tomó la mano de Celeste.

–Me toca a mí. Si no te importa, Phillip...

Por supuesto, después de eso todos los amigos tuvieron que bailar con ella. Y, mirándolos desde la mesa, Mercado parecía cada vez más furioso.

Afortunadamente, poco después sirvieron la cena y la tensión se alivió durante unos minutos. La mayoría de los hombres tomaron cola de langosta con una cremosa salsa que debía de tener millones de calorías, pero Ricky se negó a comer, diciendo que «ya se había bebido la cena». Y Phillip pidió un bistec de al menos cinco centímetros de grosor, servido con una patata asada.

–Me alegro de que hayas vuelto, Celeste. Me alegro de que hayas domado al guerrero –dijo Mercado.

–Bueno, Phillip se ha retirado…

–Ya te gustaría.

Ty y los demás marines miraron a Mercado con gesto de advertencia, pero él no les hizo caso.

–Claro que ahora que está en casa a lo mejor no recibo más llamadas para ir a buscarlo a Centroamérica.

–¿A Centroamérica? –repitió Celeste–. ¿De qué estás hablando?

–¿Has oído hablar de un agujero que se llama Mezcaya?

–¡Mira lo que has hecho! –exclamó Luke, furioso–. La pobre se ha puesto pálida.

–¿Mezcaya? –repitió Celeste, cada vez más nerviosa–. ¿No es una zona de Centroamérica donde hay terroristas?

–¿Has oído hablar de un grupito llamado El Jefe? Se dedican al contrabando de armas… incluso desde Mission Creek.

Phillip lo interrumpió:

–¿Podemos hablar de otra cosa? ¿Qué tal del tiempo?

–¿Has estado en Mezcaya recientemente? –le preguntó Celeste.

–¿Cómo crees que se hizo ese corte en la mejilla? –insistió Mercado–. Se lo hizo en Mezcaya poco antes de que tú aparecieras en la puerta de su rancho. ¿Verdad que sí, amigo?

–Fue un accidente con una piedra.

–Pero me dijiste que no llevabas puesto el cinturón de seguridad…

–¿Y dónde iba a ponerse el cinturón de seguridad, en la cueva? –se rió Mercado.

–¿Qué cueva?

–Una especie de mazmorra, cariño. Phillip mató a un tipo, así que lo encerraron allí. Y cuando llegó el helicóptero…

–¿Quieres callarte ya? –lo interrumpió Phillip.

–Ah, entonces no le has hablado de Mendoza ni de que su hijo mató una vaca en tu rancho para advertirte…

–Te agradecería mucho que te callaras. Estás asustando a Celeste…

–¿Quién es Mendoza? –preguntó ella.

–El terrorista al que mató Westin.

–¡Ya está bien!

Mercado se levantó de golpe.

–De acuerdo, me callo. Sé cuándo no soy bienvenido.

–¡Por fin! –exclamó Tyler.

–¿Por qué no hablamos de otra cosa? –sugirió Luke.

–El Jefe está aquí, en Mission Creek, y todos lo sabéis –insistió Mercado–. Phillip, Wainwright y el FBI lo saben. Y alguien ha mencionado mi nombre en relación con el contrabando de armas…

–Por culpa de tu familia –intervino Tyler.

–¡Callaos los dos! –los interrumpió Phillip.

–¿Callarme por qué? Me miráis con mala cara, habláis mal de mi familia, enviáis al FBI a buscarme. Mis antiguos camaradas me traicionan y…

–Nadie le ha dicho nada al FBI. Tú has cortado tu relación con la mafia –dijo Phillip.

–Nadie lo cree más que tú.

–A lo mejor empezarían a creerlo si dejaras de beber y comieras un poco. Vamos, pide la cena.

Ricky se inclinó para besar a Celeste en la mejilla.

–No te vayas de aquí, preciosa. Ese viejo necesita que lo domen.

Después de decir eso, Mercado se dio la vuelta y salió del club hecho una furia.

–Bueno, olvidemos el asunto y hablemos de algo más interesante –suspiró Spence–. ¿Hay alguna posibilidad de que suenen campanas de boda?

Celeste se sentía un poco más aliviada ahora que Mercado se había ido y todos parecían haber recuperado el buen humor.

–Eso depende de ella –dijo Phillip.

–¿Cómo os conocisteis? –preguntó Luke.

–Celeste estaba cantando una canción de amor… así que fue inevitable.

–Pues si puede cantarte a ti, también puede cantar para nosotros –se rió Luke.

–Estoy de acuerdo –sonrió Ty que, de repente, se levantó para acercarse al escenario–. Señoras y señores –anunció, tomando el micrófono–. Esta noche tenemos una estrella entre nosotros.

–Pero yo no…

–Venga, sube al escenario. Lo vas a hacer muy bien.

Phillip le dijo a la orquesta lo que debían tocar y Celeste, una estrella nata, los dejó a todos boquiabiertos cuando cantó su único éxito. Pero después sorprendió a Phillip cantando una canción que acababa de componer llamada *La balada de Lone Star*.

Cuando terminó, el público se había quedado en completo silencio. Pero un segundo después todos empezaron a aplaudir, admirados.

–Muchas gracias –dijo Celeste, despidiéndose con una ligera reverencia antes de volver a la mesa.

–Eres estupenda. Me recuerdas a alguien… –empezó a decir Spence.

–Es una estrella –lo interrumpió Phillip–. Cariño, lo has hecho muy bien.

–Yo conozco esa canción –dijo Luke–. *Nadie más que tú…* antes la escuchaba todo el tiempo porque me recordaba a una chica que me había dejado. ¿Quién la cantaba… Stacy algo?

–No lo sé –mintió Celeste, apretando la mano de Phillip por debajo de la mesa para que no la delatase.

Poco después Spence y Luke dijeron que tenían que marcharse, pero cuando estaban despidiéndose, dos hombres entraron en el club. Uno de ellos era un tipo alto de anchos hombros cuyo rostro hizo que Celeste se quedase sin respiración.

Oh, no. El hombre de Harry's.

–Cole Yardley –murmuró, perpleja.

–¿Qué has dicho? ¿Conoces al comisario?

–¿El comisario? –Celeste empezó a jugar con la servilleta–. No, no... perdona un momento, tengo que ir al lavabo.

–Pero si acabas de ir. ¿Conoces a Justin Wainwright o no?

Los dos hombres se acercaron a su mesa y, mientras el comisario hacía las presentaciones, Yardley la miraba a ella fijamente.

Cole Yardley, que era un agente federal.

Y, evidentemente, se acordaba de ella.

¿Y si le contaba a Phillip algo sobre esa horrible noche en Harry's?

Mientras el comisario saludaba a Spence y los demás, Phillip la llevó aparte.

–¿Por qué te mira tanto ese tal Yardley?

–No me está mirando a mí...

–Desde luego, no es a mí a quien está mirando. Lo conoces, ¿verdad?

–No.

–Siento interrumpir –sonrió el comisario–, pero Yardley acaba de llegar a la ciudad y quiere hablar contigo, Phillip.

Él asintió antes de presentarle a Celeste.

–Encantado –dijo Yardley.

–Lo mismo digo –murmuró ella, suplicándole con los ojos que no dijera nada.

–Yardley ha venido para investigar lo de tu vaca y tus sospechas sobre el tráfico de armas –dijo el comisario–. Como tú, él también cree que El Jefe está operando en la zona.

–¿Quién es El Jefe? –preguntó Celeste.

–No quién, sino qué. El Jefe es el mayor grupo terrorista de Mezcaya.

–Nosotros nos íbamos –dijo ella entonces, asustada. No quería saber nada sobre los terroristas que habían estado a punto de matar a Phillip y menos que Yardley le contase a todo el mundo cómo y dónde se habían conocido.

Phillip le había dicho que estaba retirado y, mientras los hombres se despedían, se encontró mirando el corte que tenía en la mejilla. Le daban igual la vaca o El Jefe. Ella tenía muchas preguntas que hacer y todas de índole personal. ¿Sería capaz de dejar su trabajo? ¿Sería ella capaz de dejar la música por Phillip? ¿La gente como ellos sentaba la cabeza alguna vez?

El aplauso de aquella noche la había emocionado, pero lo que más le gustó fue el brillo de orgullo en los ojos de Phillip. ¿Sería su amor suficiente?

–Creo que tu amigo, Mercado, sigue involucrado con la mafia –estaba diciendo Yardley.

–No, imposible.

–Podría ser el jefe del grupo de contrabando de armas al que estoy investigando.

–No vas a convencerme de eso –insistió Phillip, con su voz más recia.

–Mercado acaba de volver de Mezcaya.

–Sí, claro, fue con Ty Murdoch para sacarme a

mí de allí. Estaban a punto de matarme y él formaba parte del equipo de rescate.

–¡Iban a matarte! –exclamó Celeste.

Phillip había estado a punto de morir otra vez y no se lo había dicho.

–Pero si no tenía nada que ver con los terroristas, ¿cómo sabía que tú estabas allí? –insistió Yardley–. Y luego, de repente, alguien mata una vaca en tu rancho y te dejan una nota…

–¿Por qué miras tanto a mi chica, Yardley? –lo interrumpió Phillip. El federal miró a Celeste mientras Phillip echaba un vistazo a su tarjeta–. Aquí dice que tienes una oficina en Las Vegas.

–No nos conocemos –dijo Celeste. Pero se había puesto colorada hasta la raíz del pelo.

–No la había visto en mi vida –afirmó Yardley–. Y te aseguro que recordaría una cara como la suya.

Phillip no parecía muy convencido.

–Bueno, nosotros ya nos íbamos. Es tarde y estamos cansados.

–Si te enteras de algo, cualquier cosa que te parezca sospechosa, llámame. Si vuelven a matar a alguna cabeza de ganado…

–Sí, claro –lo interrumpió Phillip de muy malos modos.

–¿Por qué has sido tan antipático con él? –le preguntó Celeste mientras iban al aparcamiento.

–No me has contado por qué volviste de Las Vegas con tanta prisa –dijo él mientras subían a la camioneta–. ¿Ocurrió algo? ¿Yardley era tu amante?

101

–¿Cómo puedes preguntarme algo así?

–Ponte el cinturón –suspiró Phillip, antes de pisar el acelerador.

Celeste tuvo que contener un gemido cuando la camioneta arrancó a toda velocidad. No dijeron una sola palabra en todo el camino y, cuando llegaron a casa, Celeste bajó de la camioneta y corrió hacia los escalones del porche.

Pero, de repente, tropezó con algo caliente y pringoso. Y cuando bajó la mirada, se encontró con dos agujeros negros donde una vez hubo dos ojos…

Aterrada, empezó a gritar, tapándose la cara con las manos.

–¿Qué ocurre?

–¡Es otra vaca muerta… en la puerta de tu casa!

–No pasa nada, tranquila.

–Hay otra nota ahí…

Phillip arrancó la nota que alguien había clavado en la barandilla del porche.

–*Le has hecho daño a mi familia y ahora yo le haré daño a la tuya* –leyó.

–Pobre animal –suspiró Celeste–. ¿Por qué haría alguien una barbaridad así? El comisario Wainwright…

–Está investigando y yo también.

–¿Es por ese hombre al que mataste en Mezcaya?

–No tengo ni idea. Pero empezaron a matar a las vacas cuando llegaste tú, así que podría culparte a ti…

–¿A mí?

–No, sólo quería decir que…

–¡Esto no tiene nada que ver conmigo! –gritó Celeste, furiosa–. ¿Cómo te atreves a acusarme? ¿Qué haces a mis espaldas, Phillip? ¡No me habías contado nada sobre lo de Mezcaya!

–¿Qué estás haciendo tú, Celeste? Tú tampoco me has contado nada sobre Las Vegas.

–¿Vas a volver a marcharte a una misión?

–No, pero está claro que tú también ocultas algo. ¿Qué demonios está pasando? ¿Vas a marcharte con Yardley?

–¿Qué?

–¿Ha venido aquí por ti? ¿Es tu próximo Johnny Silver?

–No digas tonterías. ¡Está investigando a tus terroristas!

–¿Mis terroristas?

–Mira, estoy cansada. Me voy a la cama… a mi antigua habitación. Gracias por una noche tan encantadora.

–De nada –replicó Phillip–. Llamaré al comisario y haré que retiren la vaca.

–¡Haz lo que quieras!

Pasaron horas hasta que el comisario se marchó, horas antes de que Juan y Phillip se llevasen el cadáver del pobre animal y él volviera a casa.

Celeste seguía despierta, mirando el techo de la habitación, desolada. Cuando oyó sus pasos, sintió el deseo de echarse en sus brazos pero, en lugar de hacerlo, hundió la cara en la almohada.

Y cuando cerró la puerta de su dormitorio, se abrazó a sí misma, como había hecho tantas veces por las noches tras la muerte de su madre. Cada vez que cerraba los ojos veía al animal muerto y deseaba tanto que Phillip la abrazase que tenía que hacer un esfuerzo sobrehumano para no ir corriendo a su habitación.

¿Iba a ser siempre la niña que lloraba porque necesitaba amor?

Capítulo Seis

La luna de miel había terminado.

Después de dar vueltas y vueltas en la cama por culpa de Yardley, por la segunda vaca muerta y por haber discutido con Phillip, Celeste se levantó antes de las seis de la mañana. Y le molestaba muchísimo que el duro y recio marine pudiera seguir durmiendo mientras ella pasaba la aspiradora por el salón.

Cuando por fin oyó el grifo de la ducha, después de las diez, iba hacia la cocina con un montón de ropa sucia en la mano.

Había mucha suciedad en un rancho, sobre todo en uno al sur de Texas. Cuando Phillip volvía a casa por las noches, tenía la cara de color marrón porque sudaba tanto que la tierra se pegaba a su piel y su ropa estaba cubierta de polvo. La tierra se metía por las ventanas y por los huecos de las puertas y había que limpiar cada día, incluso varias veces al día.

Esa triste mañana después de la cena en el club, Celeste se había tomado cuatro cafés. Nerviosa por tanta cafeína y agotada porque no había pegado ojo en toda la noche, la maravillosa semana de amor con Phillip parecía un sueño lejano. Como lo era su ambición de ser una estrella.

Tal vez fuera lo mejor que Mercado, Yardley y las vacas muertas se hubieran cargado su idilio, porque Phillip y ella eran tan diferentes como podían serlo dos personas. Tal vez lo deseaba y se emocionaba con sus sonrisas. Tal vez se querían, pero ¿cuánto tiempo podría sostenerlos esa pasión? Su fracaso en el mundo de la música le había enseñado que conseguir el éxito era algo en lo que uno tenía que trabajar todos los días. Como el amor y el matrimonio.

No quería estar casada con un soldado que se iba a la guerra mientras ella se quedaba en casa esperando una llamada de teléfono. No quería que le dijeran que había muerto y estar sola otra vez. ¿Y quería él una mujer que sólo podía ofrecerle el inalcanzable sueño de ser una estrella de la música?

Entre aventura y aventura, Phillip necesitaba una buena chica, una de esas niñas ricas del club de campo que vestía como una señora y se comportaba como una señora. Alguien que se contentara con quedarse en casa y cuidar de los niños.

Celeste era diferente. Ella tenía una voz y necesitaba ser algo más de lo que era. Sólo cuando cantaba desaparecía la horrible sensación de ser invisible. Si se vestía de manera llamativa y subía a un escenario, conseguía la atención que tanto deseaba.

Si dejaba todo eso por Phillip y él seguía jugando a la guerra y moría en alguna misión… ¿dónde quedaría ella? Entonces sería demasiado mayor para convertir su sueño en realidad.

Si Phillip moría, no tendría nada. A pesar de la pasión y la ternura, él podría dejarla algún día. La música era su ancla, lo único en lo que podía apoyarse.

Durante el resto de la semana se quedó en su dormitorio cuando Phillip estaba en casa y Phillip se quedaba en el suyo. Cenaban a horas diferentes y evitaban hablar en lo posible.

Por la noche, él se iba a dar largos paseos o veía la televisión. Ella leía y componía canciones en su cuarto para mandarlas después a Greg Furman, el productor de Nashville, que aún no le había contestado.

Por la noche, cuando estaba cansada, se metía en la cama y se quedaba en posición fetal escuchando el crujido de la madera y los murmullos de las hojas de los árboles. Después de dormir en los brazos de Phillip otra vez, era casi imposible hacerlo estando sola.

Pero como él era un ex marine, seguramente dormiría como un tronco, concentrándose en intentar resolver el misterio de las vacas asesinadas. Para él era una segunda naturaleza trazar una línea en la arena y quedarse en su lado, esperando que ella se rindiera.

Pero Celeste no iba a rendirse. No lo haría.

***

Según Wainwright y Yardley, los hombres de Mendoza estaban en la zona. Pero Phillip decidió no contárselo a Celeste. Al fin y al cabo, tampoco ella compartía sus preocupaciones con él.

Bueno, en realidad apenas se dirigían la palabra.

Phillip entró en casa una tarde, decidido a recluirse en su habitación hasta la hora de cenar cuando la voz de Celeste hizo que se detuviera de golpe en el pasillo.

Maldita fuera. Tenía una voz tan bonita, tan dulce... Aunque seguramente lo hacía sólo para sacarlo de quicio.

La última semana había sido un infierno. Además de estar preocupado por su seguridad, era imposible vivir con ella, verla moverse de habitación en habitación y oír cómo ponía el corazón en esas canciones sin desearla con toda su alma.

Todo lo que hacía le parecía sexy, todo lo que llevaba; esos pantalones cortos, las camisetas ajustadas, cómo su pelo se movía alrededor de sus hombros, su soñadora expresión cuando miraba por la ventana. ¿Soñaría con las brillantes luces de Las Vegas, el escenario, la fama... o con un hombre que pudiera darle todo eso?

No podía dejar de recordar las cosas que habían hecho en la cama esos días o cuando bailó desnuda para él sobre la mesa de la cocina... claro que luego lo habían hecho sobre la mesa, en el suelo, en la ducha, sobre el sofá, contra la puerta...

Phillip entró en el pasillo haciendo ruido para que ella supiera que estaba en casa, pero cuando pasaba por delante del cuarto de baño, vio que la puerta no estaba cerrada del todo…

Y allí estaba Celeste, en la bañera, envuelta en burbujas, cantando a pleno pulmón. El suelo del baño estaba lleno de ropa, como si hubiera ido quitándosela por el camino: los pantalones cortos, unas braguitas de encaje, la cadenita que desaparecía bajo la camiseta, entre sus pechos…

Sus pechos. Phillip clavó la mirada en las blancas cumbres. Celeste estaba lavándose con una esponja en ese momento, cantando una melodía con esa voz ronca que parecía metérsele hasta en los huesos.

Le costaba trabajo respirar. Celeste estaba en la bañera, acariciando sus pechos con una esponja hasta que sus pezones se pusieron duros como fresas maduras. A Phillip empezó a latirle el corazón violentamente y se quedó inmóvil, duro como una roca.

Cuando ella dejó la esponja sobre el borde de la bañera, supo que debía alejarse de allí. Pero Celeste se levantó y el agua cayó en cascada por su cuerpo…

Phillip no podía dejar de mirarla; primero sus pechos y luego ese glorioso triángulo de rizos rubios entre sus piernas. Aquella mujer le costaba el sueño, la paz espiritual. No sabía cómo ganarse su corazón, pero perderla era algo que no podía permitirse.

Su objetivo no estaba claro, no podía concentrarse en nada que no fuera Celeste.

Pero él era un marine, un hombre con voluntad de hierro. ¿Dónde estaba ahora esa voluntad, esa disciplina? ¿Por qué era tan difícil mostrarse firme con ella?

Xavier González y las vacas muertas no lo molestaban tanto como su miedo de perder a Celeste y tuvo que controlarse para no entrar en el baño y suplicarle de rodillas que lo perdonase.

¿Por qué se había ido de Las Vegas? Había llamado a Yardley al hotel para hacerle esa misma pregunta, pero el federal se había limitado a decir que le preguntase a ella.

Aquel hombre sabía algo, estaba seguro. ¿Se habrían acostado juntos? ¿Se habría metido Celeste en algún problema serio?

Si lo quisiera de verdad, si confiase en él, se lo contaría. Pero no era así y sería un imbécil si le pidiera perdón sólo porque la deseaba como un loco.

De alguna forma, no sabía cómo, logró darse la vuelta para ir al establo a ver a los nuevos toros. Y se quedó allí hasta que se apagaron las luces y supo que Celeste se había ido a dormir.

Sólo entonces volvió a la casa y llamó al comisario. Pero Wainwright y Yardley seguían sin saber nada sobre la persona que estaba matando a su ganado y enviándole amenazas.

Celeste echó hacia delante el asiento de la camioneta azul porque Phillip lo llevaba muy hacia atrás. A pesar de estar enfadada con él, se sentía radiante de alegría esa mañana. No habían muerto más vacas, de modo que el miedo empezaba a desaparecer.

Amante solitario era su mejor canción hasta el momento. Estaba orgullosa de ella y ansiosa por enviársela a Furman. Estaba segura de que esa vez le contestaría.

¿Qué haría Furman con sus cintas? ¿Las escucharía o alguna secretaria las tiraba a la papelera sin más? No quería ni pensarlo.

Phillip y Juan estaban en el cobertizo de las herramientas, comprobando que tenían el equipo preparado para marcar al ganado la semana siguiente. Con un poco de suerte, iría y volvería del pueblo sin que ninguno de los dos se enterase, pensó.

Pero cuando estaba saliendo del garaje, Phillip apareció en el camino.

—Hola —lo saludó Celeste, bajando la ventanilla—. ¿Necesitas algo del pueblo?

—¿Por qué vas al pueblo otra vez?

—Tengo que ir a la tienda.

—Pero si has ido esta mañana.

—Ah, sí, bueno… es que se me ha olvidado comprar nata.

—¿Nata? —repitió Phillip.

«Idiota. ¿Por qué has dicho nata? Nunca haces nada con nata».

—La receta que quiero hacer esta noche lleva nata.

La mirada de Phillip fue de sus mejillas enroje-

111

cidas a la cadenita que desaparecía entre sus pechos.

–¿Puedo ir yo también?

–¿No estás ocupado?

–Juan sabe lo que tiene que hacer.

«No, no, no, no puedes venir hoy».

–¿Te importa que conduzca yo?

El sobre con la cinta estaba bajo el asiento…

–No, claro. Pero seguro que tienes cosas mejores
que hacer.

Phillip subió a la camioneta y ella puso la radio,
suspirando. No dijeron una sola palabra durante
los primeros diez minutos.

¿Iba a ser siempre así?

–Anoche recibí una llamada de teléfono muy interesante –dijo Phillip entonces.

–¿Sobre las vacas?

–No.

–¿Entonces?

–Johnny Silver.

–¡Espero que le colgases!

–No, no le colgué.

Celeste tragó saliva.

Durante unos minutos, el único sonido dentro
de la camioneta era una canción sobre una mujer
enamorada del hombre equivocado. Qué ironía.

–Le pregunté por qué te habías marchado de
Las Vegas con tanta prisa –empezó a decir Phillip,
después de bajar el volumen.

–No tenías ningún derecho…

–Te quiero, Celeste –la interrumpió él–. No te

preocupes, no me lo dijo. El muy sinvergüenza me colgó.

Ella suspiró, aliviada.

—¿Por qué no me cuentas por qué te fuiste? ¿Por qué viniste aquí?

—Tenía problemas, ya te lo he dicho. Fui inteligente y me marché a tiempo.

—¿No puedes ser más específica?

—¿Para qué? Todo ha terminado.

—¿Todo ha terminado? ¿Entonces por qué te llama ese granuja?

—¿Y por qué te importa tanto?

—A lo mejor porque tú me importas —respondió Phillip—. Tu amigo, o lo que sea, parecía asustado y quiero saber por qué. ¿Estás en peligro, Celeste?

—¿Por qué no te preocupas de tus vacas? Ellas sí que parecen estar en peligro.

—¿Estás en peligro o no?

—No —mintió Celeste—. Despedí a Johnny y seguramente quiere que vuelva a contratarlo. Y no es un amigo, es una rata. Entonces yo era joven e ingenua... Johnny es un sinvergüenza. Me utilizó y me robó el dinero de los royalties.

—Me alegro de que lo despidieras.

—¿No podemos hablar de otro tema? No quiero hablar de esa rata asquerosa.

—¿De qué, por ejemplo?

—De esas vacas muertas y de lo que pasó en Mezcaya.

—A lo mejor no quiero preocuparte.

—A lo mejor yo tampoco quiero preocuparte a ti.

–Yo no necesito protección.

–Ah, claro, tú eres un héroe –bromeó ella–. Por favor, Phillip… Mercado dijo que estuviste a punto de morir en Mezcaya. Eres humano, no sé si te das cuenta. Las balas no rebotan en tu cuerpo como no rebotan en el cuerpo de tu ganado –Celeste hizo una pausa–. Yo sé lo que es sentirse sola…

–¿Y crees que yo no? Tu amigo… la rata asquerosa, parecía muy asustado.

–Es su problema.

Phillip apagó la radio.

–¿Ah, sí?

–No pienso hablar del asunto hasta que esté preparada para hacerlo.

–¿Y cuándo será eso?

–No lo sé.

Él siguió conduciendo en silencio durante un rato. Tenía los músculos tan tensos que le dolía todo el cuerpo.

Era uno de esos perfectos días de verano en el sur de Texas. El cielo era de un azul límpido, sin nubes, tan brillante que uno no podía mirarlo sin parpadear, pero el calor hacía que todo pareciese un poco borroso, especialmente el horizonte, con pastos que se extendían hasta el infinito.

Era un paisaje tan vasto, tan abrumador, que su discusión parecía pequeña e insignificante.

Exactamente en el mismo segundo, los dos se volvieron y empezaron a hablar a la vez:

–Yo…

–Verás…

Los dos soltaron una carcajada.

–Es un sitio precioso –dijo ella.

–Sí, es cierto –Phillip se aclaró la garganta–. Me he portado muy mal contigo esta semana –dijo por fin, girando la cabeza para mirarla.

–Mira la carretera.

–Lo siento, Celeste.

–¿Eso es una disculpa? –bromeó ella–. No me lo puedo creer.

–Y yo tampoco. ¿Tú sabes lo que me cuesta rendirme?

Celeste suspiró. Sí, lo sabía y eso hacía que su corazón latiese más fuerte que nunca.

–Yo también lo siento –admitió por fin.

–Tengo que parar un momento –murmuró Phillip entonces.

Luego, sin decir nada más, giró el volante a la derecha para detener la camioneta en el arcén, a la sombra de un roble, y se tomó su tiempo mientras apagaba el motor.

–Has encontrado la única sombra en muchos kilómetros.

–Quiero volver a casa y hacerte el amor.

Ella sintió un estremecimiento por la espalda.

–Yo tengo una idea mejor…

–Si es mejor que la mía, quiero oírla.

Celeste se inclinó para decirle algo al oído y Phillip soltó una carcajada. Incluso antes de que el polvo de la camioneta se asentara en el suelo, antes de quitarse el cinturón de seguridad para sentarla sobre sus rodillas, era como si ya fueran uno solo.

–No deberías trabajar tanto –murmuró Celeste, acariciando su cara.

Él bajó la mirada hasta la camiseta, bajo la que se marcaban sus pezones.

–Tienes pestañas de chica –se rió Celeste.

–No eres la primera que me lo dice, así que no te hagas la lista.

–¿Estás intentando ponerme celosa?

Phillip se rió, pestañeando coquetamente, y ella le echó los brazos al cuello.

–Cariño…

Una semana entera sin él había sido insoportable. Incluso antes de que la besara, incluso antes de que le quitase la ropa, ya podía oler y saborear el sexo. Y lo estaba deseando.

Cuando pasó la lengua por su labio inferior, ella sintió un estremecimiento. La conocía tan bien… Conocía cada uno de sus deseos, de sus respuestas.

–Nada de buenas chicas para mí –murmuró, con los ojos oscurecidos.

–Eres tan guapo…

–Tú también.

Celeste lo abrazó. Era tierno y fuerte. Se sentía tan bien a su lado. Ni siquiera su música era tan esencial en aquel momento. Era aterrador rendirse ante Phillip, o cualquier hombre, aunque fuese en nombre del amor.

–¿Quieres que volvamos a casa o quieres hacerlo aquí? –suspiró–. No puedo esperar más.

–Una buena chica no diría eso… a menos que las luces estuvieran apagadas.

116

Aclarándose la garganta, Celeste empezó a desabrocharle la camisa.

–Voy a arrancar –dijo él cuando llegó al tercer botón.

–¿Tienes miedo? –se rió ella–. Pensabas que iba a hacerlo de verdad, en medio de la carretera, ¿eh?

–¿Y no lo harías?

Riendo, Phillip arrancó la camioneta.

Diez minutos después estaban de vuelta en casa… desnudándose en la entrada. Cuando los dos estuvieron desnudos, Celeste se echó en sus brazos y enredó las piernas en su cintura. Y Phillip se dirigió a la habitación como un triunfante guerrero que volviera a casa con el botín.

Pero no llegaron al dormitorio. En el pasillo, la dejó en el suelo y empezó a besarla por todas partes, su lengua llenó su boca, su ombligo y otros lugares íntimos y húmedos mientras la acariciaba por todos lados. Celeste se quedó inmóvil, dejando que le hiciera lo que quisiera.

Cuando terminó, se hundió en ella hasta el fondo. Su recio cuerpo subía y bajaba, llevándola a sitios que no había visto nunca, que no había soñado siquiera. Y luego, cuando los dos se rindieron, Celeste empezó a sollozar, temblando de arriba abajo.

Toda la soledad de su vida se había disuelto en aquella explosión y se sintió bañada por su amor. Y segura; segura por primera vez en su vida. Se sentía tan feliz que no podía dejar de llorar, pero Phillip borró sus lágrimas con un beso y le dijo cosas para hacerla reír.

Después, la ayudó a levantarse para llevarla a la cama, encontrando tiempo para caricias y dulces palabras. Pero ella sabía que era la explosión que habían sentido en el pasillo, más que las lágrimas y su dulzura, lo que había casado su alma con el alma de Phillip.

Para siempre.

Siempre sería suya, por muchos otros sueños que tuviera, por mucho que intentase negarlo cuando su música se la llevase lejos de allí.

Capítulo Siete

Phillip lavó la cara de Celeste, aún roja y ardiente después de hacer el amor durante horas. Estrujando la esponja, la pasó por sus pechos y su pelo dorado mientras ella se reclinaba en la bañera, rodeada de velas encendidas. Era tan guapa que podría mirarla para siempre.

–¿Quién eres? ¿De qué estás huyendo? –murmuró.

–No puedo moverme, así que no puedo huir.

Phillip le pasó un brazo por la cintura.

–¿Vas a quedarte aquí para siempre… conmigo?

–¿Te importa tanto la respuesta a esa pregunta? –suspiró Celeste–. Tenemos este momento, Phillip. Ahora, este instante.

–¿No quieres que nos casemos, tener hijos?

–Yo nunca he tenido un hogar de verdad. No puedo imaginarme todo eso, no puedo imaginarme como madre.

–Francamente, tampoco yo sé nada sobre hogares felices. Pero tendremos que ir día a día, hacer que ocurra. Y podemos hacerlo, Celeste. Sé que podemos… pero tenemos que intentarlo.

–Tú quieres una esposa perfecta.

–Solía pensar eso, pero tú me has enseñado mucho sobre el asunto.

–¿Listo para otra lección de amor, señor marine?

Phillip sabía que la conversación la hacía sentirse incómoda, por eso intentaba seducirlo.

–Hueles a rosas –murmuró.

–Pero estoy mojada. Deberíamos salir de la bañera.

–Deja que te mire un poco más.

Durante unos segundos, Phillip disfrutó de su opulenta belleza, de su feminidad. Unas piernas interminables, unos pechos suaves de pezones duros…

–No necesitas maquillaje ni vestidos llamativos, Celeste. Eres una belleza natural.

–Tú tampoco estás mal –sonrió ella, acariciándole la cara–. Tan fuerte, tan grande…

–Ah, grande, mi adjetivo favorito.

Ella había cambiado su mundo en tan poco tiempo… Ni siquiera su habitación era ya su habitación. Celeste había puesto flores, cojines de colores, fotografías y adornos por todas partes. Sólo llevaba allí un mes y su rancho había dejado de parecer un campamento militar para parecer un hogar.

Y él la deseaba. Deseaba tenerla allí para siempre, pero Celeste tenía razón. Lo que había entre ellos tendría que valer por el momento.

Él no quería una buena chica que fuera a la iglesia los domingos, una mujer que sólo quisiera la seguridad del matrimonio. Él quería a Celeste, artista, alocada, caprichosa, poco realista. La quería a ella, todo de ella, cada parte de ella.

–Cariño, me vuelves loco.

–Quiéreme –murmuró Celeste–. Tú también me vuelves loca.

Sólo por el momento, pensó Phillip. Pero, al menos, la tenía.

Mabel le hizo un guiño mientras dejaba una taza de café sobre la barra. Aunque Phillip no estaba de humor para tonterías. Sabía que Mabel estaba entre marido y marido y que le apetecía coquetear con cualquier hombre que entrase en el café.

–Te he echado de menos. Ya no vienes por aquí.

–Yo también te echo de menos –bromeó él.

–Estuve a punto de llamarte ayer.

–¿Por qué?

–Porque vinieron un par de tipejos preguntando por la rubia de la guitarra.

–No me digas.

–¿Sigue por aquí?

Mabel sabía que seguía allí. Todo el pueblo lo sabía.

–¿Qué les dijiste?

–Que no había visto a una chica así en mi café.

–Gracias.

–Una pareja mal encarada, los dos con ojos de serpiente. ¿Qué ha hecho esa chica, matar a alguien? Deberías tener cuidado, cariño.

Phillip pensó en sus vacas muertas. Xavier iba tras él, pero ¿quién iba tras Celeste y por qué?

–¿Cómo eran?

–Uno era moreno, alto. El otro muy pálido, con aspecto de enfermo… ah, y llevaba gafas. Y los dos tenían ojos negros, crueles.

–Evidentemente, te impresionaron.

–Deberías tener cuidado, Phillip. Yo que tú saldría de casa con una pistola.

–Gracias.

¿Qué demonios habría hecho Celeste, matar a alguien?

En lugar de ir al almacén de piensos, pisó el acelerador y volvió a casa para comprobar que ella estaba bien. No había que ser un genio para adivinar que aquellos dos tipos eran la razón por la que había huido de Las Vegas. Y recordaba la voz asustada de Johnny Silver…

Celeste le había mentido.

¿Pero por qué?

Tenía que contarle qué estaba pasando. Ya, aquel mismo día. Sin esperar más.

Pero no tuvo oportunidad de preguntar por qué se había marchado de Las Vegas con tanta prisa o por qué la seguían dos matones. Porque cuando llegó a casa, Celeste salió al porche con la ropa manchada de sangre y los ojos llenos de lágrimas.

–¿Qué ha pasado, cariño?

–Otra vaca… pero a ésta la han descuartizado. Phillip…

–Tranquila, no llores.

–Me tropecé con ella en el corral… antes de encontrar esto –Celeste le mostró un papel que llevaba en la mano.

–Tranquila, tranquila.

–Es una nota como las otras…

No podía parar de llorar y Phillip la apretó contra su corazón. No le importaba lo que hubiera hecho en Las Vegas, lo único que le importaba era que estuviera a salvo.

–Pensé que no volvías nunca –sollozó–. Te llamé al móvil…

–Es que no tenía cobertura, no pasa nada.

–¿Esto tiene algo que ver con El Jefe?

–No te preocupes por eso, yo me encargaré de todo.

Tendría que hacerlo, y rápido.

–Pero tengo tanto miedo… no puedo quedarme sola aquí.

–Nadie va a hacerte daño –la interrumpió él–. Nadie, nunca. Porque yo no voy a dejar que te lo hagan.

–¿Y si vienen cuando tú no estás?

–A partir de ahora, no me separaré de ti. Juan puede hacer las tareas.

–Oh, Phillip… eres tú quien me preocupa. Llamé a Ricky Mercado y él me contó lo que ocurrió en Mezcaya. Me contó lo de ese hombre al que mataste.

–Será imbécil…

–Ricky…

–¿Ahora lo llamas Ricky?

Celeste hizo una mueca.

–Es tu amigo y no quiere que te pase nada malo. Y yo no quiero que los hombres de El Jefe te maten. No podría vivir si te pasara algo.

–Yo siento lo mismo. Por eso quiero que te cases conmigo –murmuró Phillip, acariciando su pelo. Era tan pequeña, tan frágil…–. Tranquila, cariño, todo va a salir bien. Te juro que encontraré al canalla que lo ha hecho.

–Y tienes que decírselo al comisario.

–Lo llamaré en cuanto te hayas calmado, te lo prometo.

Cuando por fin Celeste dejó de llorar y pudieron entrar en casa, Phillip habló con el comisario Wainwright. Y después, ella se quedó helada cuando se colocó una pistola al cinto. Tan asustada estaba, que lo siguió incluso a los pastos.

Pero esa noche, Phillip le dijo que se arreglase, que iban a cenar fuera.

–¿Por qué?

–¿No te apetece salir del rancho un rato?

–Sí, por favor.

De nuevo, la llevó a cenar al club de campo y, de nuevo, Celeste se puso el vestido rojo. Pero esa noche cenaron en el comedor privado del club, no en el salón de baile, en una mesa para dos iluminada por velas. Bailaron apretados sin decir una palabra y cuando el camarero les llevó el primer plato, volvieron a la mesa y charlaron como una pareja de recién casados, seguros el uno del otro, felices. Aunque los dos tuvieran que disimular cierta aprensión.

Después del postre, Phillip metió la mano en el bolsillo de la chaqueta y sacó una cajita de terciopelo.

–Ábrela, cariño.

–Me parece que sé lo que es –murmuró Celeste, abriendo la tapa. Dentro, reposando sobre su lecho de terciopelo negro, brillaba un enorme solitario de diamantes–. Dios mío…

–¿No te gusta?

–Es enorme, enorme.

–Pensé que te gustaban las cosas llamativas. ¿Te gusta? –sonriendo, Phillip sacó el anillo de la caja y se lo puso en el dedo.

Celeste movió la mano a un lado y a otro; el diamante brillaba como el fuego.

–No me lo puedo creer… –suspiró, intentando contener las lágrimas–. Nadie me había regalado nunca…

Él la miró, con el corazón acelerado. Pero se asustó cuando bajó los ojos y luego, muy despacio, se quitó el anillo y volvió a meterlo en la caja.

–¿Por qué no?

–No lo sé. Es demasiado… demasiado pronto. Matrimonio, para siempre, Mission Creek… Y esas vacas muertas…

–Resolveremos el misterio, no te preocupes.

–Pero…

–¿Adónde crees que va nuestra relación, Celeste?

125

–¿Por qué no podemos seguir como hasta ahora?

–Porque yo quiero un futuro. ¿Tú no?

–¿Quieres planear el resto de nuestras vidas como si fuera un plan de guerra o algo así?

–¿Un plan de guerra? –repitió él, atónito–. No, no… ¿de qué estás huyendo, Celeste?

–De nada.

–Entonces soy yo. ¿No me quieres?

–¿Cómo puedes decir eso?

–¿O tiene algo que ver con los dos tipos que andan buscándote?

Cuando Celeste levantó la mirada, en sus ojos pudo ver auténtico miedo. Terror.

–¿Qué has dicho?

–Dos tipos han estado preguntando por ti en el café. ¿Quiénes son?

–Phillip…

Él sacó un sobre del bolsillo de la chaqueta.

–Dentro hay una cinta de audio. Se la envías a tu productor… un tal Greg Furman, ¿no? ¿Por qué no me lo has dicho?

–¿De dónde la has sacado?

–Te la dejaste en la camioneta –suspiró Phillip–. Sigues queriendo ser una estrella, ¿verdad?

Ella cerró los ojos un momento.

–Te quiero, Phillip. Tienes que creerme.

–¿Entonces por qué no podemos tener una simple conversación? ¿Por qué no confías en mí?

–Porque no lo entenderías.

–Si no me das la oportunidad…

–Tu vida es muy precisa y exacta. Y la mía es un desastre. Lo era antes de venir aquí.

–¿Y estás deseando marcharte otra vez?

–No, no. Enviar esas cintas es algo que tenía que hacer. Pensé que a ti no te gustaría.

–La vida no es siempre lo uno o lo otro. Se pueden tener muchas cosas. ¿Cuándo ibas a decírmelo?

–No lo sé –suspiró Celeste–. ¿Por qué todo tiene que ser tan complicado? ¿Por qué me haces tantas preguntas?

–¿Ibas a dejarme otra vez?

–No, yo…

Pero no terminó la frase y Phillip volvió a guardarse la cajita en el bolsillo.

–No digas nada más. Ya has dicho más que suficiente.

–Pero…

–Vamos a casa.

–Pero no hemos aclarado nada.

–Eso depende de ti.

Había esperado. Había confiado en que ella se lo contase tarde o temprano. Pero no había sido así. Celeste no quería contarle la verdad.

–¿Qué vamos a hacer? –le preguntó ella cuando estaban de vuelta en la camioneta.

–Éste es tu juego. Estamos jugando con tus reglas, cariño. Dímelo tú.

–Pero no puedo, no lo sé.

–Entonces, tampoco lo sé yo.

Celeste le preguntó si quería que se fuera del rancho y Phillip contestó que no.

Durante los días siguientes, Wainwright y Yardley no hicieron ningún progreso con la investigación, pero los dos tipejos de Las Vegas tampoco dieron señales de vida. Y Phillip y Celeste siguieron viviendo como si no pasara nada… aunque eso era difícil para él, acostumbrado a llevar siempre el mando. Lo único que quería era que Celeste confiase en él, que contestase a unas simples preguntas.

Pero ella no estaba acostumbrada a hacer confidencias. Tal vez porque pensaba que hacerlo podía unir más a dos personas.

Se acostaban juntos, pero su proposición de matrimonio y sus preguntas seguían sin respuesta. Hacían el amor cada noche, cada vez de manera más desesperada, pero Phillip lo aceptaba porque aceptaría cualquier cosa que ella le ofreciese. Era patético.

Estaban separándose poco a poco y eso lo mataba. Pero no podía hacer nada, sólo esperar que, algún día, Celeste quisiera confiar en él.

Y entonces ocurrió algo.

Pero no fue el golpe de suerte que había esperado, sino un desastre que lanzó sus vidas en una nueva y horrible dirección.

Capítulo Ocho

Un sábado por la noche, después de que Celeste lo dejase solo en el bar Saddlebag, ahogando sus penas en alcohol, montañas de alcohol, Phillip tuvo que enfrentarse a uno de los trucos sucios de la vida. Uno de ésos en los que, por muy repentino que fuera el golpe, el resultado era lento para prolongar la agonía de la víctima.

Aunque él no había tenido ninguna premonición de lo que iba a pasar mientras la llevaba al bar. Sencillamente estaba inquieto, incapaz de enfrentarse a otra noche en casa, frente a la televisión, mientras Celeste intentaba evitarlo.

A lo mejor ella podía flotar por la vida como una hoja en un riachuelo, pero él necesitaba raíces. Necesitaba respuestas y estaba empezando a perder la paciencia.

Como siempre, Celeste llevaba mucho maquillaje y ese vestidito rojo que no dejaba nada a la imaginación.

—¿Vienes aquí a menudo? —le preguntó. Su voz sonaba un poco temblorosa, aunque fingía que todo iba bien entre los dos.

—Antes de que volvieras a casa solía venir mucho,

sí. Jugaba al billar, tomaba un par de copas, salía con chicas... y no eran chicas de las que van a la iglesia.

Celeste tragó saliva, incapaz de mirarlo a los ojos.

El interior del bar era oscuro pero agradable, con una barra que ocupaba toda una pared, un montón de mesas en el centro y, al fondo, varias mesas de billar. Y una pelirroja de falda muy corta que jugaba a la máquina tragaperras y gritaba como un gato cuando no conseguía nada.

Jake Hornung, un vaquero de la localidad, dejó su taco de billar para saludarlo.

—Hacía tiempo que no te veía, Westin.

Phillip se tocó el sombrero y, tomando a Celeste del brazo, siguió caminando.

—Oye, yo te conozco. ¿Tú no eres Stella Lamour? —insistió Hornung—. Un amigo me dijo que habías cantado en el club Lone Star la otra noche, pero no lo creí. Yo compré tu disco

—Pues serás el único que lo ha hecho.

—¿Cómo es que no has grabado más discos? —Hornung se volvió hacia sus colegas—. ¡Karla, ven, es Stella Lamour, la cantante!

Una chica con una camiseta rosa que dejaba al descubierto su ombligo se acercó para tomar a Jake del brazo.

—Oye, eres muy buena.

—Yo nunca había conocido a una estrella —dijo Hornung—. ¿Me das un autógrafo?

Celeste se mordió los labios. Se sentía insegura,

pero sus admiradores insistían y parecían sinceros. De modo que, sonriendo, se dedicó a firmar servilletas.

Phillip recordó entonces un momento de su infancia. Una noche su madre lo había metido en la cama muy temprano y le ordenó que no saliera de su habitación porque había organizado una fiesta a la que acudiría gente muy famosa.

Cuando por fin se quedó dormido, Phillip tuvo una pesadilla: estaba cayendo desde un avión, caía y caía… pero se había despertado justo antes de tocar el suelo. Despavorido, corrió por la casa buscando a su madre.

Ella estaba en el jardín, riendo con unos amigos. Delgadísima como siempre, exquisita con un vestido rojo que destacaba sus impresionantes joyas.

–¡Mamá!

Su madre, con la sonrisa congelada, le hizo un gesto a su padrastro, que lo tomó del brazo para llevarlo de vuelta a su habitación. Su padrastro era un hombre enorme y a Phillip le daba más miedo que los demonios que se escondían en su armario.

–Si vuelves a salir de tu cuarto, ya sabes lo que pasará.

–Quiero estar con mi madre…

–Ella está ocupada.

–¿Y cuándo va a venir a verme?

La semana siguiente lo habían enviado a la academia militar. Phillip sacudió la cabeza, intentando apartar esos recuerdos.

–Vamos a buscar una mesa, Celeste… ¿o debería llamarte Stella?

–Lo siento –se disculpó ella.

Phillip eligió la mesa más alejada posible de la zona de billar y, después de pedir las copas, intentó olvidarse del incidente.

–Lo siento –repitió Celeste, incómoda.

Phillip se sentía avergonzado por su infantil comportamiento, pero no sabía qué decir.

–Déjalo, vamos a olvidarnos del asunto.

–Sé que no te gusta pensar en mi música o en mi carrera.

–¿Qué carrera? ¿De qué estás hablando?

Ella lo miró, sorprendida por el brusco tono. Estaba a punto de decir algo cuando el camarero apareció con las cervezas, pero ella no tocó la suya.

–¿Vas a contarme algún día por qué te fuiste de Las Vegas?

–No quiero hablar de eso ahora.

–¿Cuándo entonces?

–Cuando tú me digas quién está matando a tu ganado.

–Mi ganado no tiene nada que ver contigo y conmigo. Tus secretos, sí –replicó él, haciéndole un gesto al camarero para que le llevase otra cerveza, aunque aún no había empezado con la primera–. No te preocupes –dijo luego, tirándole las llaves de la camioneta–. Puedes conducir tú, Stella.

–¿Por qué te enfada tanto que haya firmado un par de autógrafos? Tú odias mi música, pero es parte de mí.

–Yo no odio tu música, pero ese sueño es lo que ha hecho que lleves una vida tan alocada. Acabaste en mi puerta sin un céntimo y muerta de miedo y no quieres decirme por qué.

–¿No podemos hablar cuando volvamos a casa?

–Tampoco hablas en casa… salvo en la cama. ¿Cuánto tiempo va a durar lo nuestro si lo único que hay entre nosotros es sexo?

–¿Crees que eso es todo?

–Me temo que eso es todo.

–Llévame a casa, Phillip.

–Ah, claro, tu música lo es todo para ti, ¿no? ¿Quién soy yo para detener a la gran Stella Lamour? –replicó él, irónico–. Celeste, yo no tengo nada en contra de tu música, me encanta oírte cantar. Te he dicho muchas veces que tienes una voz preciosa…

Mientras ellos discutían, un hombre entró en el bar, seguido de dos tipos altos un minuto después.

–¿Puedo interrumpirlos un momento?

Celeste y Phillip lo miraron, sorprendidos.

–Soy Greg Furman –se presentó el hombre, dejando una tarjeta de visita sobre la mesa.

–Greg Furman… ¡es usted!

El hombre, bajito y calvo, asintió con la cabeza.

–El mismo.

–Pero si nunca ha contestado a mis cartas. ¿Cómo me ha encontrado?

–Tenía que cerrar un trato en Texas, así que decidí pasar por Mission Creek –sonrió Furman–. Fui a buscarla al rancho y un peón me dijo dónde es-

133

taba... y con ese vestido rojo es imposible que pase desapercibida.

–Ah, claro.

–La última canción que me envió está muy bien. Hay que trabajarla un poco, pero...

–¿De verdad lo cree?

–Yo creo que es lo bastante buena para una audición en Nashville, señorita Lamour.

–No me lo puedo creer... –Celeste se volvió hacia Phillip–. Esto es maravilloso. Cuando estaba a punto de rendirme y conformarme con...

¿Conformarse? Esa palabra se le clavó en el corazón a Phillip como un puñal.

–No, perdona, no quería decir eso... –intentó explicar ella.

–Tengo que irme, señorita Lamour –la interrumpió Furman–. Pero si quiere, podemos vernos en Nashville.

–Sí, claro, lo llamaré.

Cuando salía del bar, Furman tuvo que esquivar a dos hombres, uno alto y moreno, el otro muy pálido, que se dirigían a la mesa.

Dos hombres que miraban a Celeste con ojos helados.

Y en cuanto ella los vio, se agarró al brazo de Phillip, asustada.

Sin decir nada, los dos extraños apartaron sendas sillas y se sentaron tranquilamente. Y Phillip no necesitaba una presentación formal para saber que eran dos matones, los dos tipos de los que le había hablado Mabel.

–¿Querían algo? No recuerdo haberles pedido que se sentaran.

–Queremos hablar con su amiga –contestó el más moreno–. Estabas usando a tu amigo para protegerte, ¿verdad?

–Yo no…

–Ve al lavabo, Celeste –dijo Phillip.

–Pero esto es problema mío, no tuyo.

–No discutas.

–No te vas a escapar como hiciste en Las Vegas –le advirtió Pope.

–¡Vete, Celeste! ¡Ahora!

–Espere un momento, amigo. Nosotros tenemos un asunto pendiente con Stella.

–Sea lo que sea, a partir de ahora vais a tener que tratar conmigo. ¿Queda claro?

–Phillip, por favor, deja que te explique…

–No tienes nada que explicar.

–No sabía cómo decírtelo y…

–Tu explicación llega un poco tarde.

¿Por qué no se lo había contado antes? ¿Por qué no había confiado en él? Si se lo hubiera contado, enfrentarse a aquellos dos matones habría sido cosa de niños para él.

Pero no lo había hecho. Como tampoco le había contado que le enviaba sus canciones a Greg Furman. Su casa había sido un refugio, un escondite, un breve intervalo en su viaje hacia el estrellato; un viaje que pensaba hacer sin él.

Su pelo brillaba como si fuera un halo dorado. ¿Por qué tenía que parecer un ángel? Estaba muy pálida, aterrorizada y, sin embargo, preciosa. Una estrella.

Y, de repente, le parecía tan inalcanzable como una de las estrellas del cielo porque él estaba destinado a permanecer en la tierra.

A pesar de todo, se preparó para la batalla con los dos matones como solía hacer cada vez que entraba en combate.

Y Celeste debió de intuir ese cambio de actitud, porque un segundo después tomó el bolso y corrió hacia el lavabo.

Por ella, Phillip estaba a punto de hacer algo que no había hecho nunca: iba a pagar a esos dos matones, o lo que tuviera que hacer, para que la dejasen en paz. Le daba igual lo que hubiera hecho en Las Vegas. Le daba igual que hubiese matado a alguien.

—¿Cuánto? —les espetó a los matones, furioso.

Capítulo Nueve

–¿Estás ahí, Stella? –oyó una voz femenina.

Celeste había colocado papel higiénico encima de la tapa del inodoro y estaba sentada, esperando, con los codos apoyados en las rodillas y la cara entre las manos.

–¡Déjeme en paz!

–Tu guardaespaldas está ahí fuera y quiere hablar contigo. Dice que tus amigos de Las Vegas se han ido y no volverán a molestarte.

La puerta del lavabo de señoras se abrió entonces de golpe y Phillip gritó:

–¡Vete de aquí!

–Oiga, que éste es el lavabo de señoras –protestó la chica–. ¿Quiere que llame a seguridad?

–No, lo que quiero es que te vayas.

–Es usted un grosero.

Pero la joven salió corriendo y, un segundo después, Celeste salió de su escondite.

–Puedo explicarte…

–Nero y Pope te han ahorrado la explicación.

–Pero…

–Digamos que he aceptado pagarles una buena cantidad de dinero. Ahora puedes hacer lo que quieras.

–Pero, ¿y si no quiero…?

–Viniste aquí para esconderte de esos matones. ¿Sí o no?

–Es más complicado.

–¿Sí o no?

–Sí.

–Me utilizaste.

–No, sólo quería esconderme. Necesitaba un trabajo.

–Me sedujiste para que te protegiera. Y sabías que yo les pagaría.

–¡No! ¡Eso no es verdad!

–Bueno, pues ya eres libre, Celeste. Todo, las sonrisas, el sexo, todo ha sido calculado. Todo era mentira. Nunca me has querido, sólo querías ser Stella Lamour y me has utilizado para salirte con la tuya.

Celeste se tapó la cara con las manos.

–Te quiero, Phillip.

–Sabías que vendrían y sabías que yo te solucionaría el problema, como siempre.

–Yo no les debía nada. No deberías haberles pagado.

–Dijeron que te matarían si no les pagaba.

–Yo no les debo nada, Phillip. Es culpa de Johnny, él les dijo que yo tenía el dinero… pero ni siquiera sé de qué dinero hablaban. No te lo conté porque no quería que pensaras mal de mí. Pero yo no soy…

–Sé exactamente lo que eres –la interrumpió Phillip–, una mujer por la que he pagado una fortuna.

Me has dejado usar tu cuerpo, pero no me has dado nada más.

El baño empezó a dar vueltas. El rostro de Phillip era el centro de aquel tornado y alguien golpeaba la puerta…

–¡Seguridad! –gritó un hombre.

–No te preocupes, ha merecido la pena –dijo él–. Ahora tienes la tarjeta de Furman… y esto también –Phillip sacó un montón de billetes de la cartera y los metió en su bolsito rojo–. Es más de lo que necesitas para llegar a Nashville. Llama a tu amigo Johnny.

–Johnny ya no es mi representante. Él les dijo a esos dos matones que me había dado dinero, pero no era verdad. ¿Por qué no me crees?

–A lo mejor porque tú no has confiado en mí. Sal de mi vida, Celeste. Una chica con tu talento llegará lejos.

–Dijiste que me querías…

–Amor –se rió Phillip, sarcástico–. No existe tal cosa. Tú me has demostrado que no existe, dos veces. Estabas asustada y necesitabas un refugio, yo estaba aburrido y necesitaba una diversión entre guerra y guerra. Ha sido divertido, cariño, pero ahora tenemos que decirnos adiós. Y si eres un poco inteligente, no fingirás que ha sido nada más.

–Me pediste que me casara contigo.

–Eso fue antes de saber por qué estabas aquí. ¿Por qué iba a casarme con una desvergonzada como tú?

–¿Cómo te atreves? –Celeste lo miró, airada–.

Has sido un idiota por pagar a esos matones, yo no les debía nada. No me escuchas, no tienes corazón. Si me hubieras escuchado…

–¿Te he salvado la vida y ahora todo es culpa mía?

–Me preguntaste por qué no quería contártelo. Bueno, pues no lo hice porque sabía que no me escucharías. Nunca me escuchas, Phillip. Eres un arrogante y un cabezota. Sabía que pensarías lo peor de mí si te contaba lo que había pasado en Las Vegas, por eso no dije nada. Sólo quería unos días más, unas noches más. Necesitaba tu amor como nunca.

–¡Cállate!

–Ahora entiendo que vivas solo en medio de ninguna parte.

Celeste salió corriendo del lavabo y, en el pasillo, tropezó con un guardia de seguridad.

–Señorita…

Pero ella no le hizo caso. Siguió corriendo y, después de sacar las llaves del bolso, subió a la camioneta y arrancó a toda velocidad. Los neumáticos dejaron una marca en el asfalto.

Phillip llegó a la puerta un segundo después y sólo pudo ver los faros traseros. Otra camioneta arrancó enseguida, pero él apenas se fijó.

–¡Celeste, vuelve!

Se le hizo un nudo en el estómago cuando la camioneta desapareció de su vista.

–¡Maldita sea!

No quería protegerla, no quería seguir pensando en ella. Celeste no lo quería, punto. Ahora que se había ido, ahora que sabía por qué estaba allí, se sentía engañado, rechazado otra vez.

Estaba solo. Y no había nada que pudiera hacer al respecto... salvo seguir bebiendo.

Las lágrimas cegaban a Celeste. Conducía tan rápido que la camioneta se balanceaba de un lado a otro, pero estaba tan disgustada, tan furiosa, que no se le ocurrió pisar el freno.

Phillip la creía una cualquiera. Las semanas que habían vivido juntos, el amor que habían compartido, nada de eso era importante para él. Había creído lo que Pope y Nero le habían contado sobre ella.

Había hecho bien no contándole la verdad, pensó. Bueno, al menos tendría los recuerdos. Y tendrían que durarle una vida entera.

La carretera estaba tan oscura como la boca del lobo y sólo podía ver lo que había a un par de metros delante de ella.

¿Por qué estaba llorando?, se preguntó, angustiada. Había conseguido lo que quería. Phillip había pagado a esos dos matones y Furman quería que grabase un disco.

El estrellato nunca había estado más cerca. Entonces, ¿por qué había lágrimas rodando por su rostro?

Unos faros en el espejo retrovisor la cegaron entonces. Había visto que otra camioneta salía detrás de ella del aparcamiento del bar, pero no le había prestado mucha atención. El conductor parecía querer adelantarla y Celeste pisó el freno para dejarlo pasar.

Pero en lugar de adelantarla, la golpeó por detrás con tal violencia que apenas pudo mantener el control.

Celeste miró por el retrovisor, atónita…

Pero, de nuevo, volvió a recibir un golpe por detrás que la obligó a sujetar el volante con las dos manos. Quienquiera que fuera estaba intentando sacarla de la carretera.

¡Nero y Pope! Debían de haberla esperado en la puerta del bar. Debería haberse imaginado que el dinero no sería suficiente.

Entonces recordó las vacas muertas y las notas amenazantes. ¿Podrían ser los terroristas de Mezcaya? Fuera quien fuera, estaba claro que quería hacerle daño.

Cuando pisó el acelerador, el conductor de la otra camioneta hizo lo propio.

¿Dónde podía ir, qué podía hacer? No podía volver al rancho. No, tenía que encontrar una zona amplia para dar la vuelta. Tenía que volver con Phillip.

Oh, Phillip. Lo quería tanto…

Ahora se daba cuenta de que había tenido miedo de perder su amor, su admiración, por eso no le había contado la verdad. Pero el amor era compartir, confiar… y ellos no habían confiado el uno en el otro.

Pero esa vez se lo explicaría todo y haría que le contase qué pasó en Mezcaya. No pensaba ir a ningún sitio hasta que hubiese hablado con él. No iba a marcharse de Mission Creek hasta que Phillip supiera cuánto lo amaba.

Entonces volvió a recibir un golpe por detrás y la camioneta empezó a deslizarse hacia el arcén, chocando contra piedras y cactus.

Con el corazón en la garganta, Celeste intentó sujetar el volante con todas sus fuerzas y volver a la carretera. Pasara lo que pasara tenía que dar la vuelta y encontrar a Phillip.

Pero iba a más de ciento cuarenta kilómetros por hora y las ruedas patinaban en la gravilla del arcén.

–Oh, no...

Pisó el freno, gritando de miedo, pero ya no podía hacerse con el control. Los árboles, enormes sombras negras, eran como una pared delante de ella.

Celeste volvió a gritar antes de chocar contra el tronco de una de esas sombras.

Y después todo parecía estar bien.

Estaba de nuevo en la cama con Phillip, riendo, besándose. Él acariciaba su pelo y decía que la quería.

Lo había entendido todo. La quería.

Todo iba a ir bien.

No estaba muriéndose, no podía ser.

Iba a grabar un disco en Nashville y Phillip sonreía, orgulloso, suplicando que se casara con él. Tenía a Phillip y su música. El amor y los sueños no tenían que ir por separado. Podía tenerlo todo.

Un joven de piel morena, con un cigarrillo colgando de la comisura de los labios, se acercó a ella entonces.

–Ayúdame, Phillip –susurró Celeste.

Riendo, él empezó a escribir algo en un trozo de papel mientras Celeste escuchaba a gente hablar en un idioma extranjero.

Cuando volvió a abrir los ojos, el hombre y sus amigos habían desaparecido.

Todo estaba bien.

La luz de una linterna la cegó y tuvo que cerrar los ojos. Intentó moverse, pero sintió un dolor punzante en el muslo derecho.

–Phillip…

–No intentes moverte –oyó la voz del comisario Wainwright–. Vamos a sacarte de aquí.

–Phillip… te quiero –entonces se le quebró la voz.

Lo único que le importaba era ver a Phillip.

Capítulo Diez

Las botellas de cerveza alineadas como soldados sobre la mesa empezaban a convertirse en un borrón. Phillip parpadeó varias veces para fijar la mirada, pero eso sólo sirvió para que las botellas se movieran como nadadores al borde de una piscina. Suspirando, le hizo un gesto al camarero para que le sirviera una más.

La puerta se abrió entonces y un hombre alto y moreno entró en el bar, mirando alrededor. Aunque Phillip no se fijó en Ricky Mercado porque toda su atención estaba concentrada en las ondulantes botellas.

–Ya has bebido suficiente, amigo.

–Déjame en paz, Mercado.

Pero, en lugar de dejarlo en paz, Ricky tomó una silla y se sentó frente a él.

–¿Estás sordo?

–Wainwright y Yardley me han estado haciendo preguntas sobre Mezcaya toda la tarde. Creen que soy yo el que está matando a tus vacas, pero he estado haciendo averiguaciones y me apuesto el cuello a que el responsable es Xavier González. Ha vuelto a por ti, Westin.

–¿Y cómo lo sabes tú?

–Mis fuentes son de toda confianza. Y si los federales no supieran algo, Yardley no estaría aquí.

–Déjame en paz –Phillip hizo un gesto con la mano–. Tengo problemas más graves que Xavier González.

–¿Dónde está Celeste?

–¿Y dónde está mi maldita cerveza?

–De modo que se ha ido… ¿para siempre esta vez?

–Vete de aquí, no tengo ganas de hablar –Phillip se levantó, tirando la silla sin darse cuenta–. No necesito tu ayuda ni la de nadie.

El teléfono del bar sonó en ese momento y, después de contestar, el camarero le dijo algo a Mercado. Pero Phillip estaba demasiado borracho como para prestar atención.

Cuando iba a salir del bar, tambaleándose y perplejo por lo difícil que le resultaba poner un pie delante del otro, Mercado se interpuso en su camino, con un teléfono inalámbrico en la mano.

–Celeste…

–¿Qué pasa con Celeste?

–Es Wainwright –dijo Ricky–. Ha habido un accidente y Celeste… creen que ha sido Xavier González.

–¿Celeste?

Phillip respiró profundamente para aclararse la cabeza antes de alargar la mano para tomar el teléfono. Pero estaba tan borracho que, sin darse cuenta, lo tiró al suelo. Poniéndose de rodillas, desesperado, buscó a su alrededor como un loco, pero cuando por fin lo encontró, se había cortado la comunicación.

–¿Qué ha pasado?

–Está en el hospital.

–¿Está viva?

–Alguien la sacó de la carretera.

–¿Deliberadamente?

Mercado asintió con la cabeza.

–Esos bastardos dejaron otra nota de amenaza. Y Celeste ha dado una descripción que coincide con Xavier González...

A Phillip le latía con tal fuerza el corazón que apenas podía respirar y tuvo que agarrarse a la pared. Si le pasaba algo a Celeste, si moría por su culpa...

La idea era tan desoladora que tuvo que cerrar los ojos, angustiado.

Qué sitio tan horrible sería el mundo sin ella. Phillip sintió pánico al imaginar el rostro de Celeste blanco y pálido dentro de un ataúd.

Tenía que calmarse, tenía que controlar la situación.

El terror de que hubiera muerto y fuera demasiado tarde para ellos lo sacó de su estupor alcohólico... para llevarlo a un infierno totalmente diferente, un infierno con el que tenía que enfrentarse.

–Tengo que verla, tengo que comprobar que están cuidando bien de ella. No confío en los hospitales...

–Yo te llevo –se ofreció Ricky–. Pero antes vamos a tomar una taza de café bien cargado.

–No me hace falta. Llévame al maldito hospital ahora mismo.

En el camino, Phillip no podía dejar de pensar en Celeste, en su Celeste.

¿Quién habría sido, los hombres de Xavier?, se preguntó. Podrían haber ido tras ella. Recordaba ahora que una camioneta había arrancado unos segundos después de que Celeste saliera del aparcamiento.

Si había muerto, también él moriría. Quizá no físicamente, pero sin ella su vida sería un abismo. Peor que eso.

Recordaba los siete años desde que Celeste se marchó. Siete años peleando en guerras que no eran suyas. Le daba igual si vivía o moría. Cuando volvía a casa, la veía en cada habitación, en cada rincón. Intentó salir con otras mujeres, pero nada podía llenar el vacío que Celeste había dejado.

Cuando volvió a casa después de haber sido capturado en Oriente Medio y descubrió que se había ido… no se lo podía creer. Sólo pensar en ella lo había mantenido con vida. Pero Celeste no lo había esperado.

Aunque quizá fuera culpa suya que se hubiera metido en tantos líos. Cuando la conoció, no era más que una cría sin familia, sin raíces, sin nadie que la aconsejara bien.

Quizá Celeste podría haber encontrado la manera de ser cantante y esposa a la vez. Muchas personas lo hacían, ¿no?

¿Por qué había sido tan cabezota? ¿Por qué no había querido escucharla? Tal vez debería haberla apoyado en lugar de exigir que estuviera con él en sus términos. Era una estrella, tenía una voz preciosa y él había sido un egoísta por intentar arrebatarle su sueño. Entonces no sabía lo que la música significaba para ella.

En cuanto a González… No debería haberse ido de Mezcaya dejándolo con vida.

Phillip se tapó la cara con las manos. El miedo que sentía era peor de lo que había experimentado nunca en un combate. Se sentía impotente, asustado, y hacerse el duro no iba a servir de nada esa vez. No podía encerrarse en sí mismo porque el dolor y el miedo eran ineludibles. Nunca en toda su vida se había sentido tan vulnerable.

–Celeste… por favor, Dios mío, o quien me esté escuchando ahí arriba. Por favor, no dejes que muera.

–Phillip, quiero ver a Phillip.

Celeste estaba en el hospital, con la pierna escayolada y una vía en el brazo izquierdo.

La puerta de la habitación se abrió entonces y ella giró la cabeza, ilusionada.

–Phillip…

Pero no era él, sino una enfermera pelirroja con una jeringuilla en la mano.

–No quiero una inyección, quiero…

–Tiene que descansar.

Celeste sintió un pinchazo en el brazo y después un líquido caliente penetrando en sus venas.

–¿Recuerda que ha tenido un accidente?

–Tengo un sabor raro en la boca –murmuró ella.

–Tome un sorbo de agua.

Celeste apenas podía tragar, pero unos minutos después se le cerraban los ojos.

–Phillip…

Pero él no llegaba. No la quería. Había dejado eso bien claro.

Desolada, cerró los ojos por fin.

Horas después despertó… y Phillip estaba allí, a su lado. Pero no era real, no podía serlo. Era un sueño, como el que había tenido inmediatamente después del accidente. Oh, qué dolor había sentido al darse cuenta de que su mente estaba haciéndole otra cruel jugarreta…

–Vete –susurró–. Tú no me quieres. Tú no…

–Celeste –murmuró él, con ese tono aterciopelado que usaba cuando hacían el amor–. Lo siento, cariño. Me da igual lo que haya pasado, te quiero. Eres lo más maravilloso que me ha ocurrido en la vida. Te quiero con toda mi alma.

–Dame la mano –musitó ella–. Tócame para que sepa que eres real.

–Soy real –dijo Phillip–. ¿Cómo estás, cielo?

–Estoy bien. Sólo tengo una pierna rota.

–Sí, me lo han dicho. ¿Te duele?

–La otra camioneta… dejaron una nota.

–Lo sé, lo sé. El comisario y Yardley están al tanto. No te preocupes por eso, González responderá ante la justicia. Le han seguido la pista y ya no puede escapar.

–Pero esos hombres…

–No hables, cariño. Tú eres lo único que importa, créeme.

–Tú también. No iré a Nashville –dijo ella entonces–. Yo quería ser alguien por ti, para que estuvieras orgulloso de mí.

–Celeste…

–Siempre me has hecho sentirme especial y yo sólo quiero… quiero que nos casemos, que tengamos una familia. Qué idiota he sido.

–No tienes que dejar nada por mí. Tú tienes un sueño y quiero que lo hagas realidad. No serías tú sin tu sueño, mi amor. Y yo quiero ayudarte.

–Tú eres mi sueño, pero no lo sabía. Tú lo eres todo para mí.

–Ya hablaremos de eso, Celeste. Ahora, descansa.

–Pero no puedo… tengo que contártelo. Johnny debía el dinero, no yo. Yo no tenía nada que ver. Él les dijo a esos matones que yo tenía el dinero que les debía, pero no era verdad.

–Cariño, descansa. Olvídate de ellos –insistió Phillip–. Ya no tienes nada que temer.

–No tengo nada que temer porque te tengo a ti para protegerme –dijo ella, con los ojos llenos de amor–. Hice bien en volver a ti.

–Sí, desde luego.

Celeste se sentía absolutamente feliz, quizá por primera vez en toda su vida.

–Phillip, cariño, cuando me marché del bar, pensé que no volvería a verte nunca más. Y era horrible.

–Para mí también. Te quiero tanto…

La ternura de su tono la envolvió como un abrazo incluso antes de que hundiese la cara en su pelo. Y luego Phillip la besó, un largo beso que Celeste no quería que terminase nunca.

–Para siempre –murmuró–. No más despedidas. Sólo tú.

–Para siempre –dijo él, sacando una cajita del bolsillo–. Menos mal que he conservado esta piedra.

–Oh, Phillip…

–Lo llevaba conmigo porque estaba esperando encontrar el momento adecuado –murmuró Phillip, poniéndoselo en el dedo–. Has vuelto a casa, cariño. A mí, donde tienes que estar.

Epílogo

La limusina blanca se deslizaba a toda velocidad por la carretera, huyendo de los nubarrones grises y de la lluvia hacia el Lazy W… con docenas de latas atadas al parachoques trasero.

–Qué buena idea casarse durante un huracán –se rió Celeste.

–Una depresión tropical –sonrió Phillip.

En el asiento trasero del vehículo, los recién casados pronto olvidaron el ruido de las latas y la tormenta. Estaban besándose, abrazándose tan fuerte que sus cuerpos parecían pegados el uno al otro.

Después de otro largo beso que la dejó sin aliento, Celeste levantó la mano para mirar sus anillos: el diamante y la alianza. Durante la boda y el banquete no había podido dejar de mirarlos.

–La señora de Phillip Westin –murmuró, soñadora–. Cariño, no me lo puedo creer.

–Lo hemos hecho. Por fin.

–Soy una mujer casada.

–No dejes que se te suba a la cabeza. No quiero que empieces a ponerte seria y respetable.

–¿En la cama quieres decir?

–Exactamente.

Celeste soltó una carcajada.

–No puedo creer que todo el pueblo haya ido a la boda. En el club de campo no cabía un alma.

–Con comida y bebida gratis… Nos va a costar un dineral.

–Me da igual. Todo el mundo ha sido muy amable conmigo.

Seguía sin creer que el pueblo de Mission Creek la hubiese aceptado porque Phillip Westin la había convertido en su esposa. Les daba igual quién hubiera sido antes de la boda o si el vestido de novia era exageradamente escotado.

Ahora era alguien. Por fin, tenía una familia y un hogar… incluso un pueblo entero lleno de amigos. Era querida y aceptada. Se sentía segura.

Cuando por fin el chófer detuvo la limusina frente a la casa y salió a abrirles la puerta, Phillip la tomó en brazos y corrió hacia el porche para escapar de la lluvia.

Una vez dentro, la dejó en el suelo, mirándola a los ojos. Y a Celeste se le doblaban las rodillas. Sabía lo que quería, lo que había querido desde que el sacerdote los convirtió en marido y mujer.

Sin decir nada, le quitó la chaqueta del esmoquin y empezó a desabrochar la camisa para acariciar su piel desnuda.

–Phillip…

–No puedo esperar ni un segundo más. Claro que, siempre me pasa lo mismo.

–¿Quién ha dicho que tengas que esperar? Estamos casados.

–Y los invitados… pensé que no se irían nunca.

–Siguen bailando todavía –sonrió Celeste–. Nosotros somos los únicos que han escapado.

–Es nuestra luna de miel, teníamos derecho a hacerlo –se rió él, desabrochando torpemente los botones del vestido de novia.

Acabaron en el suelo, Phillip encima de ella. Celeste cerró los ojos y empezó a acariciar su torso desnudo, tan suave, tan masculino…

–No abras los ojos –dijo él– o tendré que tapártelos. No quiero que me mires.

–¿Qué vas a hacer?

–Nada, tranquila.

–Eres perverso…

Sabía que Phillip merecía una novia virginal, no una mujer como ella. Y, sin embargo, él le había dicho una y otra vez que no querría a nadie más.

Con los ojos cerrados, se rindió a sus caricias sin cuestionarlas porque confiaba en él más de lo que había confiado en nadie en toda su vida. Phillip la acariciaba con los dedos y la lengua en los lugares más sensibles y, aun con los ojos cerrados, ella hizo lo mismo.

–Ponme las piernas en la cintura.

Cuando se hundió en ella, con los truenos, los relámpagos y la lluvia golpeando los cristales con la fuerza de una galerna, Celeste dejó escapar un suspiro de placer. Ninguna tormenta era tan salvaje como ellos dos.

Y nunca había sentido tal deseo. Estaba casada, era suya.

–Te quiero –le dijo–. Te quiero, Phillip Westin.

Cuando él llegó al final, ella explotó también.

–Estando casados es incluso mejor –se rió Celeste.

–Cada día te querré más.

–Yo también. Eres mi sueño, toda mi vida.

–Cántame –murmuró Phillip.

–*Nadie más que tú* –empezó a cantar Celeste–, *sólo tú*...

Pero, de repente, se le hizo un nudo en la garganta.

–No vuelvas a decirme adiós –le ordenó él, con su más firme tono militar.

–No quiero seguir cantando.

–Pero yo quiero seguir amándote –Phillip la tomó en brazos para llevarla a la cama.

–Ya era hora, vaquero –susurró Celeste cuando su pelo rubio rozó la almohada y él la cubrió con su cuerpo.

Era todo un hombre, todo suyo, para siempre.

Deseo™

Escándalo en el reino

Michelle Celmer

Como todo príncipe, Christian debía
casarse con una mujer de la realeza, lo
que reducía mucho sus opciones. Hasta
que descubrió a una nueva princesa,
guapa e inocente, que desconocía
haber sido la elegida.

Él estaba dispuesto a unirse en matrimonio con quien hiciera falta para
cumplir con su deber, pero enseguida
la atractiva princesa Melissa le hizo de-
sear con impaciencia que llegara la
noche de bodas. Tan sólo tenía que evitar enamorarse... o perdería su reino
para siempre.

No le importaba casarse sin amar a su esposa

Acepte 2 de nuestras mejores novelas de amor GRATIS

¡Y reciba un regalo sorpresa!

Oferta especial de tiempo limitado

Rellene el cupón y envíelo a
Harlequin Reader Service®
3010 Walden Ave.
P.O. Box 1867
Buffalo, N.Y. 14240-1867

¡Sí! Por favor, envíeme 2 novelas de amor de Harlequin (1 Bianca® y 1 Deseo®) gratis, más el regalo sorpresa. Luego remítanme 4 novelas nuevas todos los meses, las cuales recibiré mucho antes de que aparezcan en librerías, y factúrenme al bajo precio de $3,24 cada una, más $0,25 por envío e impuesto de ventas, si corresponde*. Este es el precio total, y es un ahorro de casi el 20% sobre el precio de portada. ¡Una oferta excelente! Entiendo que el hecho de aceptar estos libros y el regalo no me obliga en forma alguna a la compra de libros adicionales. Y también que puedo devolver cualquier envío y cancelar en cualquier momento. Aún si decido no comprar ningún otro libro de Harlequin, los 2 libros gratis y el regalo sorpresa son míos para siempre.

416 LBN DU7N

Nombre y apellido	(Por favor, letra de molde)
Dirección	Apartamento No.
Ciudad	Estado	Zona postal

Esta oferta se limita a un pedido por hogar y no está disponible para los subscriptores actuales de Deseo® y Bianca®.
*Los términos y precios quedan sujetos a cambios sin aviso previo.
Impuestos de ventas aplican en N.Y.

Bianca™

¡Estaba a merced de un hombre arrogante y poderoso!

¡Marco Salzano está furioso! Un momento de pasión en el calor del carnaval ha tenido su precio. Furioso y presa de las sospechas, el arrogante venezolano va en busca de su amante de una noche para reclamar a su hijo.

Pero Marco se equivoca de mujer.

Haciéndose pasar por su hermana, la frágil Amber convence a Marco de que el niño en cuestión no es hijo suyo. Sin embargo, cuando Marco descubre el engaño, decide hacer de Amber no su amante, sino su esposa.

A merced de un hombre arrogante

Daphne Clair

Deseo™

El millonario del ático B

Anna DePalo

Solitario, rico y poderoso, Gage Lat-
timer encajaba con la descripción del
hombre que podría saber algo sobre
la misteriosa desaparición de la hermana de Jacinda Endicott. Por eso
Jacinda abandonó su antigua vida y
entró a trabajar como ama de llaves
en el lujoso ático de Gage.

Durante el día, buscaba pistas acerca
de su jefe; por la noche, combatía su
atracción fatal hacia el sexy y reser-
vado multimillonario. Su corazón le
decía que Gage era inocente, pero su
cabeza le advertía de lo contrario. ¿A
cuál haría caso?

Se había metido en su casa para descubrir la verdad